खलनायक

[उपन्यास]

खलनायक

यी मुन यॉल

अनुवाद

दिविक रमेश

राजकमल प्रकाशन

नयी दिल्ली पटना इलाहाबाद कोलकाता

विश्वप्रसिद्ध उत्कृष्ट कोरियाई उपन्यास
우리들의 일그러진 영웅 उरिदिल उई इलगराजिन योंग उंग Our Twisted Hero
का हिंदी में अनुवाद

ISBN : 978-81-267-2780-3

मूल्य : ₹ 200

पहला संस्करण : 2015

प्रकाशक : राजकमल प्रकाशन प्रा. लि.
1-बी, नेताजी सुभाष मार्ग, दरियागंज
नई दिल्ली-110 002

शाखाएँ : अशोक राजपथ, साइंस कॉलेज के सामने, पटना-800 006
पहली मंजिल, दरबारी बिल्डिंग, महात्मा गांधी मार्ग, इलाहाबाद-211 001
36 ए, शेक्सपियर सरणी, कोलकाता-700 017

वेबसाइट : www.rajkamalprakashan.com
ई-मेल : info@rajkamalprakashan.com

मुद्रक : बी.के. ऑफसेट
नवीन शाहदरा, दिल्ली-110 032

KHALNAYAK
Novel by Yi Mun Yol
Translated by Divik Ramesh

छात्रावत कु. ली जिह्युन को
जिन्होंने अनुवाद को पढ़ा और मूल पाठ के आधार पर महत्त्वपूर्ण सुझाव दिए
मित्रवत सजग विद्यार्थी किम छंग योंग को
जिन्होंने पहली बार इस उपन्यास को पढ़ने की सलाह दी
नई दिल्ली स्थित कोरियाई सांस्कृतिक केंद्र के निदेशक श्री किम गुम प्योंग,
सुश्री ग्वाकमी-रा, सुश्री सोन सुन ग्योंग, गायत्री, द वाइली एजेंसी यू.के. लिमिटेड
के श्री स्टेफेनी डरबीशायर (Stephanie Shire), लिटरेचर ट्रांसलेशन ऑफ कोरिया की
जेमी बेदुल किम (Jemmy Bedeul Kim), प्रोफेसर पंकज मोहन,
कोरियाई महिला कवि रा हीदुक और लेखक यी मुन यॉल की पुत्री को
जिन्होंने किसी न किसी रूप में इस कार्य में मदद की
हांगुक विश्वविद्यालय, सोल (दक्षिण कोरिया)
के अपने प्रवास-काल के सभी विद्यार्थियों और सहयोगियों को
तथा मोतीलाल नेहरू महाविद्यालय (दिल्ली विश्वविद्यालय) के
मेरे प्राचार्य-काल में शिक्षार्थ आए बूसान विश्वविद्यालय (दक्षिण
कोरिया के विद्यार्थियों को सहर्ष

संदेश

मैं यह जानकर प्रसन्न हूँ कि प्रोफेसर (डॉ.) दिविक रमेश ने कोरिया के सुविख्यात उपन्यास 'उरिदिल उई इलगराजिन योंग उंग' का हिंदी अनुवाद किया है। मैं प्रोफेसर रमेश को उनके इस उत्कृष्ट कार्य के लिए अपना सच्चा आभार और हार्दिक बधाई देता हूँ।

अनेक साहित्यिक कृतियों के सृजेता रमेश साहित्य की दुनिया में सुपरिचित हैं। कोरियाई साहित्य के हिंदी अनुवाद के द्वारा उन्होंने अपने लिए एक विशिष्ट स्थान उत्कीर्ण किया है और समस्त कोरिया तथा भारत में आलोचनात्मक प्रशंसा अर्जित की है

कोरियाई और भारतीय साहित्य के ऐसे अनुवाद, हमारे दोनों देशों के लोगों को सांस्कृतिक वैभव की झलक प्रदान करते हैं और पारस्परिक समझ तथा मैत्रीभाव के विकास में मदद करते हैं। मुझे पूरा विश्वास है कि प्रोफेसर रमेश का यह नवीनतम कार्य हमारे दोनों देशों के बीच के सांस्कृतिक बंधन को बहुत दूर तक मजबूत करेगा।

कोरिया और भारत की मित्रता को, साहित्य के माध्यम से, मजबूत बनाने वाले प्रोफेसर रमेश के अग्रगामी प्रयास और योगदान की मैं प्रशंसा करता हूँ।

—जूनग्यू ली
भारत में कोरिया गणतंत्र के राजदूत

अनुवादक की ओर से

साहित्य विश्व-संस्कृति की सामग्री है जबकि अनुवाद उसका प्राण और आत्मा है। इस बात में विश्व-साहित्य की कल्पना भी छिपी है। विश्व-साहित्य अपना प्राण और आत्मा अनुवाद के माध्यम से प्राप्त करने को अभिशप्त है। विश्व-साहित्य, विश्व-संस्कृति का निर्माता भी है और एक स्तर पर वाहक भी। 'कंटम्पोरेरी फ्रेंच पोइटरी' (1965) की भूमिका में पॉल ऐंजल (Paul Angel) ने लिखा था, 'विश्व जितना सिकुड़ता है, अनुवाद की आवश्यकता उतनी ही फैलती है।' यदि यह सच है कि अंतरराष्ट्रीयता के बढ़ते हुए भाव ने, साहित्य के अनुवाद को बढ़ाया है तो सच यह भी है कि विभाजक और विध्वंसक सत्तात्मक शक्तियों के विरोध में 'वैश्विक साहित्य' वैश्विक दृष्टि की कल्पना के साथ-साथ उसके अनुवाद की अनिवार्यता को भी अनुवाद की तमाम खामियों के बावजूद स्वीकार किया गया है।

अनुवाद की आवश्यकता पर बल देना जितना आसान है उतना ही रचनात्मक साहित्य का अनुवाद-कर्म जोखिम और चुनौतियों से भरा है। सबसे बड़ी चुनौती तो भाषा-भेद तथा अनुवाद को लेकर मतभेद हैं। कुछ लोगों की मान्यता है अपनी भाषा में अनुवाद मूल भाषा से ही—यानी उसे पूरी तरह अर्जित करके ही किया जाना चाहिए। ये लोग 'माध्यम भाषा' को अनुवाद की श्रेष्ठता और प्रामाणिकता की दृष्टि से नकारते हैं। विडंबना यह है कि विश्व की सभी भाषाओं को सभी देशों में जानने वालों की संख्या न के बराबर है। ऐसे में प्राय: अंग्रेजी से (कम से कम भारत में) अनुवाद किए जाते हैं। अंग्रेजी के माध्यम से किसी अन्य भाषा के अनुवाद को कितनी ही प्रशंसा क्यों न मिल जाए लेकिन उसे कुछ कमतर कार्य ही समझा जाता है। गाहे-बगाहे, सलाह मिल जाती है, अच्छा होता यदि भाषा सीख लेते। यहाँ मुझे कोरियाई कविताओं के अंग्रेजी में अनुवाद करने वाले अनुवादक प्रोफेसर डेविड आर. मेक्कन की बात याद आ रही है जो गद्य रचनाओं के संदर्भ में भी लागू होती है। उनका कहना है कि माना भाषा-ज्ञान की सुविधा महत्त्वपूर्ण है, लेकिन एक अर्थ में, पूर्णता के अर्थ में नहीं।

अच्छे और ठीक अनुवाद के लिए मूल और लक्ष्य भाषा की पूर्ण जानकारी ही पर्याप्त नहीं होती। वस्तुतः एक अच्छे अनुवादक का पहला लक्ष्य होता है रचना, मसलन कविता को एक पूर्ण वस्तु के रूप में जानना। मूल को एक कविता के रूप में समझना। पूर्ण कविता के रूप में समझना कविता के 'अर्थ' के रूप में समझने से भिन्न भी हो सकता है। एक लेटिन अमेरिकी लेखक ने कहा था, जो मैंने कहा है, उसका अनुवाद मत करो। उसका अनुवाद करो जो मैंने कहना चाहा है। यानी केवल शब्दों का अनुवाद मत करो बल्कि जिस संदर्भ में उन शब्दों का अर्थ निकलता है, उसका अनुवाद करो। विशेष रूप से, कुशल अनुवादक जानते हैं, कुछ ऐसे शब्द होते हैं जिन्हें हम सांस्कृतिक शब्द कह सकते हैं, उनका अनुवाद सहज नहीं होता। जिन कविताओं में भौगोलिकता अधिक होती है उनका अनुवाद भी बहुत कठिन होता है जब तक कि अपेक्षित तैयारी न कर ली जाए। ब्रिटिश कवि एन्थोनी थ्वेट (Anthony Thwaite) ने इसीलिए कहा है कि अनुवाद शब्दों का नहीं होता, वह तो तात्पर्य को जो प्रत्यक्ष हो या अंतर्निहित, स्पष्ट करने का प्रयत्न करता है। यह धारणा अनुवाद को पुनर्रचना की कोटि तक पहुँचा सकती है।

अनुवादक यदि किसी 'माध्यम भाषा' के सहारे से अनुवाद कर रहा है तो उसे 'प्रामाणिक अनुवाद की चुनौती' को नहीं भूलना चाहिए। जहाँ तक हो सके, प्रयत्न कर 'माध्यम भाषा' में उपलब्ध 'कृति' के तमाम अनुवादों का गहरा अध्ययन करना चाहिए और पूरा प्रयत्न करना चाहिए कि अत्यंत प्रामाणिक माने गए अनुवाद को खोज निकाले। यह निःसंदेह परिश्रम-साध्य ही नहीं पेचीदा काम भी है। लेकिन यह जानते हुए भी कि कोई भी अनुवाद अंतिम या पूर्ण नहीं हो सकता, अच्छे अनुवादक को यह कार्य करना ही होता है।

मैंने अपने अनुभव से जाना है कि मूल भाषा का अज्ञान या अल्प ज्ञान अच्छे अनुवाद की राह में उतनी बड़ी चुनौती या अड़चन नहीं बनता जितना रचना के परिवेश की नासमझी या अल्पसमझी बनती है। कोरियाई कविताओं तथा दूसरी रचनाओं के अनुवाद करते समय मुझे कोरिया के जीवन, वहाँ की संस्कृति, वहाँ के भूगोल, वहाँ के आकार, वहाँ के लोगों, वहाँ के इतिहास के संसर्ग और साक्षात् ने जितनी जो सहायता दी वह अद्‌भुत थी। इनके अभाव में, कितने ही कोरियाई शब्दों की जानकारी के बावजूद, मैं रचनाओं की गहराई में जा ही नहीं सकता था। मैं तो कहता हूँ कि समर्पित अनुवादक को उस देश की जमीन पर जरूर रहने का अवसर मिलना चाहिए जिस देश के साहित्य का वह अनुवाद कर रहा है या करना चाहता है।

भारत सरकार की ओर से अध्यापन के लिए एक लम्बे समय तक हांगुक विश्वविद्यालय, सोल, दक्षिण कोरिया में रहने का अवसर मिला तो सहज जिज्ञासावश वहाँ के जन-जीवन, संस्कृति, इतिहास, भूगोल, परंपराओं, तीज-त्योहार,भाषा आदि को साक्षात रूप में जानने-समझने के प्रति रुचि जगी। बहुत हद तक पूरी भी हुई। साथ-साथ वहाँ के साहित्य को भी निकटता के साथ जानने-समझने के अवसर मिले। इस दिशा में मेरे कुछ विद्यार्थियों, सहयोगियों और साहित्यकारों का साथ-सहयोग महत्त्वपूर्ण सिद्ध हुआ। स्वयं कवि होने और कविता में विशेष रुचि होने के कारण, सबसे पहले कोरियाई कविताओं की ओर ध्यान जाना स्वाभाविक था। यह जानने के बाद कि अनुवाद के अभाव में, कोरिया और भारत के बीच साहित्यिक आदान-प्रदान की स्थिति एकदम नगण्य है, धीरे-धीरे हिंदी में अनुवाद करने की ओर भी रुचि जग गई और इस कार्य में मुझे आनंद भी आने लगा। भारत की पत्रिकाएँ उत्सुकता और माँग के साथ मेरे अनुवाद, कोरिया संबंधी मेरे लेख, संस्मरण आदि प्रकाशित कर रही थीं। इसके बाद बाल-कविताओं आदि के अनुवाद भी संभव होते चले गए। भारत लौट आने के बाद भी यह कार्य आज तक चल रहा है। कार्यकाल पूरा करने के बाद फिर दो बार जाने का मौका मिला। किसी न किसी रूप में आज तक संपर्क बना हुआ है और इससे मुझे बहुत लाभ भी मिला है। मेरे अनुवादों को पुस्तक रूप में उत्सुकता के साथ प्रकाशित करने के लिए साहित्य अकादमी (कोरियाई कविता-यात्रा), पीताम्बर पब्लिशिंग प्रा.लि. कम्पनी (कोरियाई लोक कथाएँ), नेशनल बुक ट्रस्ट इंडिया (कोरियाई बाल कविताएँ, जादुई बाँसुरी और अन्य कोरियाई कथाएँ) आदि महत्त्वपूर्ण प्रकाशक मिले। अनुवाद कार्य को प्रो. नामवर सिंह, प्रो. गोपीचंद नारंग, सीताकांत महापात्र, मंगलेश डबराल, हिमांशु जोशी, जयप्रकाश भारती, लक्ष्मीमल सिंघवी सहित कितने ही माननीय साहित्यकारों और पाठकों से समय-समय पर मिली सराहना और मान्यता ने बहुत ही प्रेरित किया। प्रारंभ से ही नई दिल्ली स्थित कोरियाई दूतावास से मिलने वाले सहयोग को भी मैं कभी नहीं भूल सकता। संबद्ध कार्यकाल के महामहिम कोरियाई राजदूतों ने मेरी पुस्तकों की प्रस्तावनाएँ लिखीं। कोरियाई दूतावास की ओर से एक भव्य आयोजन में 'प्रशंसा-पत्र' (Citation) प्रदान किया गया जिसके अनुसार, "With deep appreciation for his outstanding contribution to the promotion of cultural relations between Indian and Korea through the translation into Hindi of several works of Korean prose and poetry, I, the undersigned hereby present a letter of commendation to Professor Divik Ramesh on Wednesday, 28th November 2001, New Delhi. Sd/- (Chong-Moo Lee, Ambassador) राष्ट्रीय पुरस्कार भी मिला।

कोरिया प्रवास के दौरान मेरे एक मित्रवत सजग विद्यार्थी किम छंग योंग ने कोरियाई गद्य-साहित्य को पढ़ने के प्रति भी मेरी रुचि जगाई। लोक-कथाओं और एक बहुत ही महत्त्वपूर्ण पुस्तक 'समगुक यूसा' पढ़ने का मौका मिला तो अनुवाद की इच्छा प्रबल हो उठी। उसी ने मुझे उस समय प्रख्यात हो चुके साहित्यकार यी मुन यॉल के उपन्यास 'उरिदिल उई इलगराजिन योंग उंग' (Our Twisted Hero) अर्थात 'खलनायक'(यह हिंदी शीर्षक राजकमल प्रकाशन के श्री अशोक महेश्वरी के सुझाव के अनुसार है) को न केवल पढ़ने की सलाह दी बल्कि उसे खरीदवा भी दिया। पढ़ा तो अभिभूत रह गया। अनेक बार पढ़ा और हर बार अलग आनंद आया। उसी समय उपन्यास पर आधारित फिल्म देखने का भी अवसर मिला। फिल्म 1992 में पार्क चोंग वॉन (Park Chong Won) के निर्देशन में बनी थी। बहुत ही अच्छी लगी थी। अनुवाद करने का मन तो एकदम बन गया था। लेकिन अनुवाद का पूरा काम अब आकर हो सका।

प्रसंग को आगे बढ़ाने से पूर्व कोरियाई कथा-साहित्य के इतिहास की थोड़ी जानकारी लेना, मैं समझता हूँ, ठीक ही रहेगा।

कोरियाई गद्य-साहित्य को वृत्तांत, कथा-साहित्य और प्रकीर्ण साहित्य के रूप में बाँटा जा सकता है। वृत्तांत के अंतर्गत लिखित रूप में उपलब्ध मिथक, किंवदंतियाँ, लोक कथाएँ आदि को लिया जा सकता है। इन वृत्तांतों के दो मुख्य स्रोत हैं : समगुक गासी (तीन राज्यों का ऐतिहासिक दस्तावेज, 1146) और समगुक यूसा (तीन राज्यों की स्मृति, 1285)। इन दोनों का संकलन कोरिया राजवंश के समय में हुआ था। कोरियाई कथा-साहित्य लिपि, आयतन आदि के आधार पर विभिन्न रूपों में मिलता है। यहाँ तक कि उच्च वर्गीय (यांगबान) लेखकों और आम लेखकों के आधार पर भी। अधिकांशतः ऐसा कथा-साहित्य वृत्तांत पर आधारित था। लेखक मूल कहानी में घटनाएँ और पात्र जोड़ देते थे। आम तौर पर कहानियाँ उपदेश या नीति प्रधान होती थीं जिनका अंत सुखद होता था। उच्चवर्गीय लेखकों का लेखन चीनी में होता था। प्रकीर्ण या फुटकर साहित्य के अंतर्गत कभी-कभार उच्च वर्ग के लेखकों के द्वारा मोटे तौर पर चार विषयों—इतिहास, जीवनी, आत्मकथा और साहित्यिक आलोचना—पर लिखा लेखन होता था।

15वीं शताब्दी में, चोसन (Joseon) काल के राजा सेजोंग के द्वारा कोरियाई लिपि के निर्माण अथवा आविष्कार से पहले कोरियाई साहित्य चीनी लिपि में

लिखा जाता था। कोरियाई लेखक अपनी भावनाओं को व्यक्त करने के लिए चीनी अक्षरों के उपयोग के लिए विवश थे। लेकिन उनके साहित्य को चीनी नहीं बल्कि कोरियाई साहित्य ही माना जाता है। कोरियाई साहित्य को आम तौर पर दो भागों में बाँटकर देखा जाता है—आधुनिक साहित्य और क्लासिकल साहित्य। इन दोनों को आगे के अध्ययन के लिए क्लासिकल कविता और क्लासिकल उपन्यास तथा आधुनिक कविता और आधुनिक उपन्यास के रूप में बाँट लिया जाता है। कोरियाई क्लासिकल साहित्य पर ताऊवाद (Taoism), कंफ्यूसिस दर्शन और बौद्ध धर्म का प्रभाव पड़ा जबकि आधुनिक कोरियाई साहित्य के विकास के पीछे पश्चिमी प्रभाव को देखा जाता है। 19वीं शताब्दी के उत्तरार्द्ध में जागृति युग (गेहवा ग्येमोंग सिदे, gaehwa gyemong sidae) का सूत्रपात हुआ। इसी अवधि में 'नए साहित्य' के रूप में आधुनिक साहित्य (कविता, कथा आदि) ने अपनी उपस्थिति दर्ज करनी शुरू कर दी थी। कथा-साहित्य में यी ग्वांग सू का लेखन 1917 में पहली बार छपा। इसी वर्ष उनका उपन्यास *मुजोंग* (हृदयहीनता) प्रकाशित हुआ जिसकी सफलता ने उन्हें साहित्य के केंद्र में स्थापित कर दिया। इस उपन्यास को आधुनिक माना गया। यी ग्वांग सू को निःसंदेह आधुनिक कोरियाई उपन्यास का जनक माना जाता है। तोलस्तॉय से प्रभावित माने जाते हैं। अन्य कथाकारों में किम तोंग इन (आलू), ह्योन छिन गोन (भाग्यशाली दिन), योम संग सॉप आदि के नाम गिनाए जा सकते हैं। लेकिन इससे पहले ही जागृति को लेकर 'नए उपन्यास' के नाम से लिखा गया एक किस्म का कथा-साहित्य कुछ समय के लिए लोकप्रिय हुआ था। यी इन जिक का 'खून के आँसू' काफी सफल हुआ। वस्तुतः 'नए उपन्यास' की पहचान पुराने ढंग के उपन्यास को बदलने की संधि कालीन मुख्य भूमिका निभाने के रूप में बनी। इस धारा के अन्य लेखकों में उल्लेखनीय नाम हैं—यी हे चो, छोए छन शिक और किम गो-जे। 1923 में सर्वहारा की नई प्रवृत्ति ने जन्म लिया। 1925 के आते-आते वर्ग साहित्य, जो आगे चलकर 'श्रमिक साहित्य' और 'किसान साहित्य' के रूप में भी पहचाना गया, खड़ा हो गया था। इसके विस्तार के लिए के.पी.ए.एफ़. (Korean Proletarian Artist's Federation) जैसी संस्था बनी। इसके अंतर्गत उल्लेखनीय उपन्यासों में छोए सो हे के 'तलछुलगी, (एक पलायन का रिकॉर्ड, 1925), यी गी योंग के 'कोह्यांग' (गृह-नगर, होमटाउन, 1934), हन सोल या के 'ह्वांगहोन' (धुँधला प्रकाश) आदि के नाम ले सकते हैं। इन सबमें किसानों और मजदूरों को केंद्र में रखकर, उपनिवेशवाद के विरुद्ध वर्ग-चेतना और वर्ग-संघर्ष मिलता है। 1930 के दशक में सौंदर्य-सरोकारों ने

स्थान लिया। गद्य के क्षेत्र में जहाँ इस आंदोलन के नेता यी टे जुन (Yi Tae Jun) थे, वहाँ कविता के क्षेत्र के नेता किम योंग नांग थे। कुछ लेखकों ने सर्वहारा साहित्य पद्धति का विरोध भी किया। यह वह समय था जब यूरोपीय साहित्यिक प्रवृत्तियाँ कोरियाई साहित्य जगत में प्रवेश कर गई थीं। उपन्यास-विधा में नई शैली अपनाई गई। इस समय यी सांग एक ऐसे लेखक थे जिनका कविता और गद्य दोनों में बहुत ही महत्त्वपूर्ण योगदान रहा। इनकी कहानी पंख (Wings) ने 1936 में काफ़ी सनसनी फैलाई थी। 1937 में फिर मोड़ आया। जापान के अधीन कोरिया के लेखकों की अभिव्यक्ति की स्वतंत्रता को आघात पहुँचा। इसका कारण चीन और जापान के बीच हुआ दूसरा युद्ध था। युद्ध के समय में उपन्यासकार ग्रामीण परिदृश्य की ओर मुड़े। इसे समसामयिक वास्तविकता से स्थानीयता की ओर पदार्पण कहा जाता है। किम टोंग नी की 'एक चट्टान' (1937) चर्चित कृति रही। इसके अतिरिक्त छोंग पीसॉक की कृतियों की भी इस दिशा में धूम रही। आगे बढ़ने से पूर्व थोड़ा जायजा क्लासिकल उपन्यास का ले लिया जाए।

सर्वप्रथम दिखने वाले क्लासिकल (गौरव-ग्रंथ) कथा-साहित्य में किम सी-सॉप (Kim Siseup—1435-1493) की चीनी में लिखी 'ग्यूमो सिनह्वा' (पहाड़ ग्यूमों की कहानियाँ) जिसकी वस्तु रहस्यात्मक अर्थात् यथार्थ से दूर थी, सम्मिलित है। बाक जी वोन और यी इओक (Yi Eok) ने यथार्थपरक कथा-साहित्य लिखा। 17वीं शताब्दी से कथा-साहित्य लोकप्रिय हो चला था। 17वीं शताब्दी के उत्तरार्ध और 18वीं शताब्दी के पूर्वार्ध में कथा-साहित्य का एक रूप पांसोरी (Pansori) अर्थात् गाथा-गीत दिखना शुरू हो गया था। आज वह जिस रूप में उपलब्ध है, वह 1870 में लिख लिया गया था। कोरियाई वर्णमाला उपलब्ध हो जाने के बाद कथा-साहित्य बहुलता से लिखा गया। शुरुआत हुई ह्यो ग्यून (Heo Gyun) (1690-1718) के हांगल (Han-geoul, कोरियाई) में लिखी 'होंगगिलदोंगज्योन' (होंग गिल दोंग की कहानियाँ) से। इस उपन्यास में आभिजात्य (उच्च) वर्ग के व्यक्ति (यांगबांन, Yabgban) और उपपत्नी (रखैल) से उत्पन्न बच्चों के प्रति शासन करने वालों के द्वारा किए जा रहे भेदभाव का जमकर विरोध किया गया है। वस्तुतः ह्यो ग्यून के सुधारवादी विचारों का आधार मानवतावाद और प्रजातंत्र था। वे वैध और अवैध संतान के भेद को मिटा देना चाहते थे। चोसन काल का अंत होते-होते लेखकों ने चीनी में लिखे क्लासिकल साहित्य की पुरातनता से हटकर आम लोगों जैसे व्यापारियों, दस्युओं, वेश्याओं आदि की ओर रुख किया। इस समय की अन्य उल्लेखनीय कथा-कृतियों में किम मान जुंग (1637-1692) द्वारा अपनी माँ श्रीमती यून के सम्मान में रचित

'गूउन्मोंग' (नौ बादलों का सपना) और 'सास्सी नामज्योन्गी' (प्रतिष्ठित महिला 'सा' की दक्षिण की ओर की यात्रा का दस्तावेज) हैं। पहले के केंद्र में यथार्थ-स्वप्न-यथार्थ के ढाँचे में धन, पद और यश का अहंकार और अनिश्चितता है और यह चीनी शैली का रूपक उपन्यास है जबकि दूसरे के केंद्र में शासकीय और राजनीतिक भ्रष्टाचार है। पहले को एक हद तक रोमांटिक उपन्यास कहा गया है जबकि दूसरे में पत्नी और रखैल के विरोध मिलते हैं। किम मान जुंग का व्यक्तित्व विवादास्पद रहा है। कुछ उनके पक्षधर हैं तो कुछ विरोधी भी। पुराने कोरियाई उपन्यासों में 'छुनह्यांग ज्योन' (Chunhyang-Jeon) के सर्वाधिक संस्करण हुए हैं। यह एक सुंदर प्रेम कहानी है जिसमें वर्गविभाजित समाज की बाधाओं को तोड़ा गया है। इसे बहुत प्यार मिला है। एक मत (प्रोफेसर किम जे ऊंग) के अनुसार अब तक 1000 क्लासिकल उपन्यासों का पता चल चुका है। वे मानते हैं कि यदि 20वीं शताब्दी विज्ञान और प्रौद्योगिकी पर आधारित औद्योगिकीकृत समाज रही है तो 21वीं शताब्दी सांस्कृतिक वातावरण का युग है। अत: किसी-न-किसी रूप में कोरियाई क्लासिकल उपन्यासों की महत्ता अब भी है। यह भी उल्लेखनीय है कि कोरिया में पीढ़ी-दर-पीढ़ी मौखिक साहित्य का चलन रहा। किंवदंतियाँ, लोक कथाएँ आदि मौखिक रूप में ही उपलब्ध रहीं। लेकिन 15वीं शताब्दी में चोसन राजवंश के चौथे राजा सेजोंग के द्वारा कोरियाई लिपि की खोज के बाद लिखित रूप की दृष्टि से पूरा परिदृश्य बदल गया।

यदि हम फिर आधुनिक कोरियाई साहित्य की ओर लौटें तो कहा जाएगा कि चोसन राजवंश (1392-1910) के पतन के बरक्स आधुनिक कोरियाई साहित्य का विकास हुआ। यह समय 1894 के गाबो सुधारों (Gabo Reforms) से प्रभावित था और जैसा संकेत दिया जा चुका है, आधुनिक कोरियाई साहित्य के पहले पड़ाव को जागृति युग भी कहा गया है। इसी समय पश्चिमी पद्धति के स्कूलों और समाचार-पत्रों से परिचय हुआ। बहुत से समाचार-पत्रों ने सीजो, गासा (कविता के रूप) ही नहीं प्रकाशित किए बल्कि कथा-साहित्य भी प्रकाशित किया। वस्तुत:, पूर्व कहे अनुसार, आधुनिक कोरियाई साहित्य के विकास में पश्चिमी संस्कृति के प्रभाव का हाथ रहा है।

आधुनिक कोरियाई साहित्य के विकास को कोरियाई वर्णमाला और लिपि (हांगुल) के विकास के साथ जोड़कर भी देखा जाता है। एक लंबी अवधि तक कोरिया के लोगों की लेखन-व्यवस्था, चीनी वर्णमाला पर टिकी थी जो बोलचाल की भाषा से भिन्न थी। 15वीं शताब्दी के मध्य जन्मी कोरियन लेखन-लिपि ने बोलचाल और लेखन व्यवस्था को मिलाने की संभावना को साकार करने की

दिशा में काम किया। चोसन काल के शासक वर्ग ने कोरियाई लिपि की उपेक्षा की और चीनी लेखन-व्यवस्था को ही अपनाया। औरतों और निचले वर्ग के लोगों ने अवश्य कोरियाई लिपि और वर्णमाला को स्वीकार किया। अतः विरोध भीतर से भी था। 1894 में हुए सुधार के बाद पुरानी व्यवस्था समाप्तप्राय हो गई और दस्तावेजों को कोरियाई भाषा और लिपि में लिखा जाना शुरू हो गया। जागृति-युग में यह भाषा-आंदोलन समाज के हर हिस्से तक खूब फूला-फला। 1907 में तो कोरियाई भाषा शोध केंद्र भी स्थापित किया गया। हांगुल अथवा कोरियाई भाषा-लिपि ने कोरियाई लोगों को मानो लिखकर वर्णन करने की राह खोल दी।

कोरिया में जापानी साम्राज्य (1910-1945) में आधुनिक कोरियाई साहित्य के विकास की अपनी कहानी है। बिना अनुमति के कोरियाई साहित्य के प्रकाशन पर प्रतिबंध लगा। असल में, 1910 में जापान द्वारा कोरिया पर जबरन कब्जे के साथ ही नए आधुनिक साहित्य को जबरदस्त बाधाओं का सामना करना पड़ा। अंततः राष्ट्रीय पहचान और आत्मा को रौंद देने के खतरे पैदा किए गए। ऐसे में कोरियाई भाषा और लिपि का किसी ने बचाव किया तो वह था कोरियाई साहित्य। नए रास्ते ढूँढ़े गए। 1919 में पत्रिकाएँ प्रकाशित हुईं जिनकी साहित्य के विकास में खासी भूमिका रही। 1920 और 1930 के मध्य प्रकाशित साहित्यिक पत्रिकाओं ने आधुनिक कोरियाई साहित्य के भविष्य के विकास की बुनियाद रखी। 1920 के दशक में लिखे गए बहुत से उपन्यासों का थीम (कथ्य) बुद्धिजीवियों के उत्पीड़न के इर्द-गिर्द केंद्रित था। किसानों और मजदूरों की दयनीय ज़िंदगी का चित्रण किया गया। 1930 के दशक में जापानी सरकार की विचारधारात्मक जबरदस्ती मजबूत होने के कारण कोरियाई साहित्य पर सीधा-सीधा असर पड़ा। इस समय के बहुत से उपन्यासों में नई साहित्यिक शैलियों और शिल्प के प्रयोग हुए। कुछ उपन्यास हैं—कांग ग्योंग (1907-1944) का 'इनगान मुनजे' (From Wonso Pondo), किम टोंग इन (1940-1951) का 'बुलगुन सन' (Red mountain) और री गी योंग (1895-1884) का 'गोहयांग' (The Home Village, 1932)। 1940 में लगभग सभी पत्रिकाओं के प्रकाशन बंद करने का आदेश दिया गया। 1945 में जब कोरिया को मुक्ति मिली तो राष्ट्रीय साहित्य की दिशा को पुनर्भाषित करने का अवसर मिला। साफ माँग थी कि उपनिवेशवाद के समय की राष्ट्र-विरोधी संस्कृति के अवशेषों को मिटा दिया जाए और एक सच्चे राष्ट्रीय साहित्य का सृजन किया जाए। जल्दी ही कोरिया को दो देशों के रूप में विभाजित होने की त्रासदी ही नहीं सहनी पड़ी बल्कि युद्ध की विभीषिका से भी गुजरना पड़ा। विद्वानों ने लगभग 100 वर्ष के आधुनिक साहित्य के

ऐतिहासिक विकास को प्रायः तीन चरणों में रखकर जाँचा-परखा है : 1. जागृति-युग, 2. जापानी उपनिवेशवादी समय और 3. राष्ट्र-विभाजन का युग। आधुनिक कोरियाई साहित्य के संदर्भ में एक अन्य उल्लेखनीय बात यह है कि 1990 के दशक में कोरियाई महिला लेखन ने केंद्रीय भूमिका अदा की। साथ ही कोरियाई महिला साहित्य-आलोचना ने भी अपनी अच्छी भूमिका निभाई। कोरियाई महिला लेखन (उपन्यासों) में आत्मजीवनीपरक और आत्मस्वीकृतिपरक लेखन का बड़ा महत्त्व है। अब लगभग मान लिया गया है कि 1980 का दशक यदि 'कविता युग' रहा तो 1990 का दशक 'उपन्यास युग' रहा। और 'उपन्यास युग' में बहुत-सी लेखिकाओं ने हिस्सेदारी की। कोरियाई महिला लेखन और कोरियाई उपन्यास लेखन पर बहस भी हुई। कोरियाई साहित्य जगत और विद्वानों का ध्यान महिला लेखन की ओर आकर्षित हुआ। अपनी आत्मकथाओं को लेखिकाओं ने खुलकर लिखा। पुरुषप्रधान और पितृसत्तात्मक समाज की समस्याओं और नारी विरोधी प्रवृत्तियों के प्रति आवाज उठी। परिवार की निजी और रहस्यमयी बातें भी अब विषय बन गईं। अपनी नारी-अस्मिता और अपने निजपन को खोजा और पहचाना गया और उसे महत्त्व दिया गया। एक महिलावादी साहित्यिक महिला आलोचक ग्वोन योंग मिन (Kwon Yeong min) के अनुसार, कोरियाई महिलावादी उपन्यास प्राथमिक तौर पर महिलाओं की ज़िंदगी और अनुभवों को पुरुष की आँखों से देखने के स्थान पर महिला के अपने शब्दों में बयान करने की खोज है। कुछ अत्यंत जानी-मानी उपन्यासकारों में 'सिन ग्योंग सुक' (सुनसान कमरा, जैसे ही रेलगाड़ी सुबह 7 बजे छूटती है आदि), 'बाक वान सू (सो')' (शक करते हुए कि पहाड़ वहाँ वास्तव में था, मोम्स पिलर आदि), 'इयुन हुइ ग्योंग' (रिक्तता के साथ पत्नी) और 'जोंग मी ग्योंग' (मेरा ब्लौडी प्रियतम) के नाम प्रमुखता के साथ लिए जा सकते हैं।

1945 में आजादी प्राप्त करने के बाद कोरिया का दक्षिण और उत्तर के रूप में विभाजन हो गया। कोरियाई युद्ध (1950-53) के परिणामस्वरूप कोरियाई साहित्य का विकास युद्ध और त्रासदी के घावों और आपाधापी के इर्द-गिर्द केंद्रित रहा। युद्धोपरांत साहित्य का अधिकांश राष्ट्रीय दर्द के साथ आम आदमी के आम जीवन और उसके जीवन से प्रेरित होकर लिखा गया। मानवीय विषय छाए रहे क्योंकि लेखकों ने भी विपदा झेली थी। एक प्रश्न उभरा कि कोरियाई अपने ही लोगों को क्यों मार-काट रहे हैं। राष्ट्र-विभाजन और युद्ध से उत्पन्न दर्द को सामने लाने वाले उपन्यासों में बाक क्योंग नी के 'डॉ. किम की बेटियाँ' (1961) का नाम भी गिनाया जा सकता है। एक अन्य विषय (थीम) पारंपरिक

कोरियाई मूल्यों का ध्वस्त हो जाना भी था जो ओह संग वॉन के 'मोबन' (रिवॉल्ट, 1957) और सोन छंग सॉप के 'इन्जो इन्गन' (कृत्रिम मनुष्य, 1958) में उपलब्ध है। 1960 के दशक में युद्धोपरांत लिखे गए साहित्य को भावुकताप्रधान और पलायनवादी करार करके बहुत से साहित्यकारों ने उसे अस्वीकृत करने का प्रयत्न किया जबकि कुछ लेखकों ने पारंपरिक मानवतावाद को अपनाया। बहुत से दूसरे लेखकों में गहरा अकेलापन और निराशा का भाव झलका। अपने समय के राजनीतिक यथार्थ से पाठकों को जोड़ने वाला साहित्य रचा गया। पश्चिमी आधुनिकतावाद को भी ग्रहण किया गया। 60 के दशक से कोरिया में शुरू औद्योगिकीकरण का तेज गति से बढ़ना और किसानों का उपेक्षित होना भी लेखन का सरोकार बना। तीव्र औद्योगिकीकरण के कारण गरीब और अमीर के बीच की दूरी बढ़ गई थी। वस्तुतः इस दौर के उपन्यासों में औद्योगिकीकरण की प्रक्रिया में जन्मी सामाजिक समस्याओं की ओर सकारात्मक सरोकारों को स्थान मिला। किसानों की उपेक्षा के साथ-साथ सोल (राजधानी) के बाहरी हिस्से में रहने वाले लोगों की जिंदगी, बेरोजगार कामगारों और मजदूरों के परिदृश्य भी उपन्यासों के विषय बने। इस दृष्टि से 1970 के दशक के मध्य में आए हवांग सोक योंग, छो से हुइ और यून हयॉग गिल के उपन्यास पढ़े जा सकते हैं। कुछ उपन्यासकारों ने सामाजिक व्यंग्य से काम लिया। बाक वान सो और छोए इल लाम इस दिशा के प्रतिनिधि उपन्यासकार माने जाते हैं। एक अन्य लोकप्रिय विषय जिसका पहले भी संकेत दिया जा चुका है, राष्ट्रीय विभाजन भी रहा। राष्ट्र-विभाजन की आलोचनात्मक जाँच-पड़ताल को स्थान मिला। इस नए प्रकार के उपन्यासों में किम वॉन इल का 'सूर्यास्त'(1978), छोन सांग गुक का 'एबे का परिवार' (1980), और छो जंग रे का 'टोबेक्सन पहाड़' आदि प्रतिनिधि कहे जा सकते हैं। 1970 के दशक में सत्ता-विरोध का साहित्य भी सामने आया। युद्धोपरांत दौर में यौन संबंधी कथा-साहित्य भी उपलब्ध है। उदाहरण के लिए सॉ गी वॉन के 'कोड नक्शा' (1956) का नाम लिया जा सकता है जिसमें त्रिकोणीय यौन संबंधों का चित्रण हुआ है। 1980 के दशक में कामगार स्वयं अपने शोषण के प्रति जागरूक हो चले थे। यही वह समय था जिसमें पाक (बाक) नो हे जैसे सर्वहारा कवियों ने शुरुआत की थी। इसे एक रूप में नव प्रगतिशील दौर भी कहा जा सकता है। औद्योगिकीकरण और आर्थिक विकास ने मध्य वर्ग में बढ़ोतरी कर दी। नव धनाढ्य वर्ग के साथ उपभोक्तावाद ने कदम बढ़ाए और संवेदनशीलता तथा उच्च मूल्यों को आघात पहुँचा। छोइ इन हो ने पहले-पहल अपने उपन्यासों और कहानियों में मध्य वर्ग की खोखली ज़िंदगी का चित्रण किया। मध्यवर्गीय

प्रवृत्तियों जैसे स्वार्थपरकता, बुद्धिजीवियों का स्वसंदेह आदि का चित्रण पाक (बाक) वान सू, किम हयांग सुक आदि लेखकों के यहाँ देखा जा सकता है। इनके अतिरिक्त विशेष रूप से मनुष्य संबंधी अस्तित्वात्मक द्विविधा और मुक्ति की तलाश को गहराई से खोजने वाले कथाकारों में ओ छोंग हुइ और यी मुन यॉल अग्रणी हैं। यहाँ यह भी उल्लेखनीय है कि कोरिया की स्वतंत्रता के बाद एक लंबा समय सैन्य-शासन का भी रहा है जिसका अंत 1993 में लोक सरकार के बनने के साथ हुआ। उस दौर के अपने विरोधाभास भी लेखन का हिस्सा बने। कदाचित् मिलिटरी दमन से बचने के लिए लेखकों ने अपनी अभिव्यक्ति के लिए रूपक और प्रतीक शैली भी अपनाई। बाद में राजनीतिक स्थिरता के साथ-साथ लेखन हल्केपन और मनोरंजन की ओर भी झुका। सनसनीखेज, जासूसी प्रवृत्ति वाले और विज्ञानपरक कथा-साहित्य का चलन बढ़ा। लेकिन यह चलन अस्थायी ही माना गया। यूँ बाजार को देखकर लिखने वाले व्यावसायिक लेखक जिनके यहाँ जीवन की समस्याओं का गाम्भीर्य नहीं होता और 'कम्प्यूटर कथा-साहित्य' की प्रवृत्ति को बढ़ावा देने वालों के कारण उपजे 'साहित्य संकट' को नकारा नहीं जा सकता।

सरकार की ओर से 1996 को साहित्य में उचित विकास के लिए 'साहित्य वर्ष' के रूप में घोषित किया गया था। कोरियाई साहित्य को 'ग्लोबल' बनाने के प्रयास भी शुरू किए गए क्योंकि कोरियाई लेखन का एक बड़ा हिस्सा समाज की बुराइयों के विरुद्ध संघर्ष करने, मानवीय मूल्यों को स्थापित करने और आम लोगों की जीवन-स्थितियों को बेहतर बनाने की दृष्टि से बहुत समृद्ध है। आज अनेक संस्थाएँ जैसे देसान, कोरियाई लिटरेचर ट्रांसलेशन इंस्टीट्यूट' (2001 में स्थापित) आदि इस प्रयास में पूरी तरह संलग्न हैं।

आज कोरियाई साहित्य अंग्रेजी, जापानी, चीनी, जर्मनी, फ्रेंच आदि दुनिया की कितनी ही भाषाओं में उपलब्ध है। अनुवाद के माध्यम से दूसरी भाषाओं में पाठकों तक व्यापकता के साथ पहुँचाने वाले कोरियाई कथाकारों में हवांग सुन वॉन और किम दोंग री (Kim Dong-ri) के नाम विशेष रूप से लिए जाते हैं। कोरिया की पहली पुस्तक का अनुवाद 1935 में हुआ था। यह एक कविता पुस्तक थी जिसका अनुवाद ब्रिटिश-कनेडयाई कवि जॉन ग्रिग्स्बायी (Joan Grigsby) ने 'द ऑर्किड डोर' (The orchid Door) शीर्षक से किया था। यी मुन यॉल एक ऐसे बिरले लेखक हैं जिनकी कृतियों के अनुवाद दुनिया की अनेक भाषाओं में प्रकाशित हुए हैं। इनके अत्यंत प्रसिद्ध उपन्यास 'उरिदिल उई इलगराजिन योंग उंग' (Our Twisted Hero) अर्थात् 'खलनायक' का अनुवाद

विश्व की अनेक भाषाओं में हो चुका है। खेद है कि हिंदी ही नहीं, किसी भी भारतीय भाषा में उनकी किसी भी कृति का अभी तक कोई अनुवाद नहीं हुआ था। इस विश्व-विख्यात उपन्यास का यह पहला भारतीय अनुवाद है और मुझे खुशी है कि इसका श्रेय मुझे जा रहा है।

आजादी के बाद के दौर के कथाकारों में यी मुन यॉल (1948-) का स्थान बहुत ऊँचा है। वे कोरिया के अत्यंत सफल एवं विशिष्ट कथाकार और लेखक हैं। इनका जन्म 18 मई, 1945 को सोल (Seoul), दक्षिण कोरिया में हुआ था। कोरियाई युद्ध के होने पर इनके पिता उत्तरी कोरिया चले गए थे। पीछे परिवार को भटकना पड़ा और अंततः योंगयांग, ग्योंगसन्बुक-दो में निवास किया। जिस नाटकीय ढंग से इनके पिता 1951 में उत्तरी कोरिया निकल गए थे, उसका असर इनके जीवन पर पड़ा। इन्हें एक 'गद्दार के बेटे' के नजरिए से देखा गया। इसलिए इन्हें गरीबी और सामाजिक बदनामी का सामना करना पड़ा। स्कूल से भी इन्हें कई बार निकलना पड़ा। लेकिन वे अपने से ही खूब पढ़ते रहे जिसका उन्हें लाभ मिला। 1970 में सोल नेशनल यूनिवर्सिटी के शिक्षा कॉलिज से अलग किए जाने के बाद, यी मुन यॉल ने 1977 में, देगू मेल समाचार-पत्र की और वार्षिक साहित्यिक प्रतियोगिता में भाग लेकर अपनी साहित्यिक यात्रा प्रारंभ की। 1979 में, ईश्वर और मानवता के बीच के जटिल रिश्तों पर केंद्रित अपने उपन्यास 'मनुष्य का बेटा' पर प्रतिष्ठित पुरस्कार 'आज का साहित्यकार पुरस्कार' प्राप्त करने के बाद यी मुन यॉल अपने समय के अत्यंत उल्लेखनीय लेखकों की श्रेणी में आ गए। 1994 से 1997 के बीच इन्होंने कोरियाई भाषा और साहित्य का अध्ययन किया। 1999 से उभरते रचनाकारों के लिए बने 'बुआक साहित्यिक केंद्र' के प्रधान के रूप में काम किया। विदेशी अध्ययन के हांगुक विश्वविद्यालय में पीठासीन आचार्य के रूप में कार्यरत हुए। अब तक उनके 16 से अधिक उपन्यास और पचास से भी ज़्यादा उपन्यासिकाएँ और कहानियाँ प्रकाशित हैं। उन्होंने राजनीतिक और सामाजिक विषयों पर भी लिखा है। इनके लेखन की प्रवृत्तियों को मुख्यतः को दो भागों में बाँटा जा सकता है : 1. सामाजिक न्याय को लेकर समस्याओं के नए समाधान खोजना (खलनायक Our Twisted Hero), सम्राट का अभिवादन (Hail to the Emperor) और 2. जीवनीपरक लेखन के माध्यम से खो चुकी अस्मिता की तलाश करना (तुम कभी नहीं लौटोगे अपनी मातृभूमि (You will Never Return to your Homeland), युवा दिनों का एक चित्र (A Prortrait of Youthful Days)। पहली प्रवृत्ति के अनुसार, प्रधान विचारधारा और सत्ता के द्वारा निर्मित और शासित जीवन के विभिन्न रूपों को

तलाशते हुए, यी मुन यॉल कोरियाई समाज के बारे में, लाक्षणिक या अन्योक्तिपरक विचार प्रस्तुत करते हैं। दूसरी प्रवृत्ति के अनुसार, यी ने अपनी भीतरी दुनिया पर ध्यान केंद्रित किया है, अपने बढ़ते जीवन के अनुभवों और उस प्रक्रिया में बनती अपनी विश्व-दृष्टि को कथा में ढाला है। अपने एक साक्षात्कार (लंदन पुस्तक मेला, 2014) में उनका मानना है : "एक विभाजित देश के रूप में कोरिया की परिस्थिति ने मेरे साहित्य में एक महत्त्वपूर्ण पृष्ठभूमि/विषय को बनाया है।" और यह भी कि "हाँ, अब मैं जो कुछ लिख रहा हूँ, वह 19वीं शताब्दी के पश्चिमी उपन्यास की तर्ज पर कथा है और जिन लेखकों ने मुझे प्रभावित किया है वे सब कहानी कहने वाले हैं।" वस्तुतः यी मुन यॉल ने पश्चिम (विशेषकर ब्रिटेन) के लगभग सभी प्रमुख उपन्यासकारों का अध्ययन किया है और अपने ऊपर उनका कम-ज्यादा प्रभाव स्वीकार भी किया है। अपने लेखक बनने का श्रेय उन्होंने अपने एक सहपाठी को दिया है जो उन्हें एक साहित्यिक वृत्त में लेकर गया था। तब वे 21 वर्ष के थे। उन्हें उनके उपन्यास 'सम्राट का अभिवादन' ने भी काफी सफलता, प्रतिष्ठा और लोकप्रियता दिलाई। 1987 में पहली बार प्रकाशित उनके उपन्यास 'उरिदिल उई इलगराजिन योंग उंग' (Our Twisted Hero) अर्थात् 'खलनायक' को प्रतिष्ठित यी सांग साहित्यिक पुरस्कार मिल चुका है। उनका साहित्य दुनिया की 16 (हिंदी सहित 17) भाषाओं में अनूदित हो चुका है और भारत सहित 21 देशों में प्रकाशित हो चुका है। उनकी एक कृति को जर्मनी साहित्य सोसाइटी ने 2011 का सर्वश्रेष्ठ प्रकाशन माना था। यी मुन यॉल को लगभग सभी राष्ट्रीय पुरस्कार मिल चुके हैं जिनमें ऊपर चर्चा में आ चुके पुरस्कारों के अतिरिक्त, प्रमुख हैं : हुन्दे मुनहाक प्राइज (1992), 21वीं शताबदी साहित्य एवार्ड (1998), द नेशनल अकादमी (कला) एवार्ड (2009), दोंगनी साहित्य प्राइज (2012) और हल्ल्यूम विश्वविद्यालय (Hallyum University) द्वारा 'विदेशों में कोरियाई साहित्य को समृद्ध बनाने की दिशा में योगदान के लिए' प्रदत्त 9वां इल सांग (ll Song) एवार्ड (11 मार्च, 2014)। पहले चर्चा में आ चुकी पुस्तकों के अतिरिक्त उनकी प्रमुख पुस्तकें हैं—'कवि' (सी इन, Si-in, 1919), 'जंगली बेल' (Wild Ox), 'नष्ट हो चुकी चीजों के लिए' (For the Vanished Things), 'अंधकार की छाया' (The Shadow of Darkness), 'एक घोंघे का सैर-सपाटा' (A Snail's Outing), 'इस निर्जन स्टेशन पर' (At this Desolate Station), 'कवि और चोर' (The Poet and the Thief), 'भाई के साथ निर्धारित समय' (An Appointment with my Brother), 'लिथवानियन स्त्री' (Lithuanian Woman, 2011), आदि।

थोड़ी बात उपन्यास 'कवि' के बारे में। यह उपन्यास कोरियाई कवि किम ब्योंग योन (1807-1863) के बारे में है। यी मुन यॉल का इस कहानी से खास रिश्ता माना गया है जिनके कम्यूनिस्ट पिता 1951 में उत्तरी कोरिया निकल जाने के कारण गद्दार माने गए थे और जिसका बुरा प्रभाव निर्दोष यी और उसके परिवार को भी भुगतना पड़ा था। 'कवि' उपन्यास का कवि किम ब्योंग योन के साथ भी ऐसा ही कुछ घटा था। उसके दादा विद्रोहियों का साथ निभाने के कारण गद्दार घोषित किए गए थे और उन्हें मौत की सजा दी गई थी। इस बात की यातना इस निर्दोष कवि सहित परिवार के अन्य सदस्यों को भी झेलनी पड़ी थी। इस उपन्यास में यी मुन यॉल एक ऐसे देश का वर्णन करते हैं जो अंतिम छोर तक भ्रष्ट है और धोखाधड़ियों तथा भ्रष्ट मूल्यों से लिप्त है। ऐसे देश में किम ब्योंग योन जैसे कवि की प्रतिभा को गले से लगाने के स्थान पर उसका जीना हराम किया जाता है। ऐसी स्थिति में वह पूरी तरह कविता में डूब जाता है और अंतत: एक जानी-मानी हस्ती बन जाता है।

यी मुन यॉल द्वारा लिखित मौलिक नाटक 'रानी म्योंगसोंग' (Queen Myonsong) भी बहुत प्रसिद्ध नाटक है। यह एक ऐतिहासिक नाटक है। इसे 17 नवम्बर, 1995 में ओपेरा हाउस सोल कला केंद्र में मंचित किया गया। दर्शकों के द्वारा बहुत ही सराहा गया। यी के अनुसार प्रस्तुतकर्ता यून हो जिन के सुझाव पर इसे लिखा गया, जिसके लिखने में चार वर्ष लग गए। वस्तुत: रानी म्योंगसोंग से संबद्ध जापानी और कोरियाई सामग्री को खँगालने-खोजने में काफी समय लग गया। एक वर्ष के लगभग लिखने में लग गया। रानी म्योंगसोंग जो रानी मिन के नाम से भी जानी जाती है, 19वीं शताब्दी के चोसन कालीन राजा गोजोंग (King Kojong) की पत्नी थी। उसके बारे में यही प्रचलित था कि वह अविचल इच्छा (अथवा मनमानेपन) की धनी और एक अवज्ञाकारी बहू थी। उसे रूस का पक्षधर माना जाता था। यह भी प्रचलित हुआ कि जापान को रोकने के लिए उसने रूस की सहायता पर विश्वास किया। इसीलिए जापानियों ने उस रूस की पक्षधर रानी को मार डाला। उसे 8 अक्टूबर, 1895 को मारा गया था। यी मानते हैं कि ऐसी रानी के प्रति लगाव विकसित करना बहुत ही कठिन काम था क्योंकि सबकुछ उसके खिलाफ था और अब के कोरियाई लोग जो कुछ भी उसके बारे में जानते थे, उसका आधार जापनियों के द्वारा दी गई जानकारी थी। यी ने इसीलिए कोरियाई स्रोतों पर अधिक ध्यान दिया और सिद्ध किया कि वह कोरिया की जॉन ऑफ आर्क थी जिसने अपने देश को बचाने के लिए अपने को कुर्बान कर दिया। इससे इतना तो पता चलता है कि यह लेखक किस हद तक गंभीर है।

जहाँ तक 1987 में प्रकाशित 'खलनायक' ('उरिदिल उई इलगराजिन योंग उंग') उपन्यास का प्रश्न है तो संक्षेप में कहा जा सकता है कि 1980 के दशक के बाद वाले समय में दक्षिण कोरिया में होने वाले जनतांत्रिक सुधारों के माध्यम से यह उपन्यास कोरियाई सामाजिक-राजनीतिक परिदृश्य की समीक्षा है। इसकी कथा साफ तौर से एक रूपक है जो कोरियाई राजनीति से जुड़ी है। यह कोरिया में एक अधिनायकवादी राज्य शैली से अनिश्चित किस्म के प्रजातंत्र में बदलने की गाथा है। इसमें ताकत के भयंकर दुरुपयोग, आम जन के द्वारा उसे स्वीकार कर चुपचाप सहते रहने की मनोदशा, प्रजातंत्र की ओर उन्मुख करने वाली जागृति को तो साक्षात किया ही गया है लेकिन बड़ी बात यह है कि अधिनायक की हार के बावजूद अधिनायकवादी प्रवृत्ति के प्रति सदा सावधान बने रहने की ओर सशक्त संकेत किया गया है। अधिनायक हारता है लेकिन अधिनायकवादी प्रवृत्ति किसी न किसी रूप में कहीं न कहीं मौजूद रहती है और फिर से किसी अधिनायक को जन्म देने की ताक में रहती है। कुल मिलाकर कह सकते हैं कि इस उपन्यास के दो स्तर हैं: एक सीधा-सादा और दूसरा सांकेतिक। सीधा-सादा अर्थ के अनुसार यह कक्षा के एक ऐसे बिगड़ैल मॉनीटर की कहानी है जो अपनी ताकत और अपने साम्राज्य का झंडा बनाए रखने के लिए कितने ही तरह के हथकंडे अपनाता है। सांकेतिक अर्थ के अनुसार यह मनुष्य के भीतर की एक ऐसी प्रवृत्ति को सामने लाता है जो ताकतवर बनने की भरपूर कोशिश करती है। इसके लिए मनुष्य कुछ भी करता है। एक बार दबकर भी यह प्रवृत्ति फिर उभरती है। खुद को ताकतवर कहलाने का मनुष्य में एक अदमनीय नशा होता है। यह उपन्यास आत्मकथात्मक शैली में है जिसका 'विकृत नायक' अर्थात् 'खलनायक' ओम सोकदे है। तीस साल बीत जाने के बाद, उन दिनों की याद करते हुए, यह कहानी 'ओम सोकदे' के एक सहपाठी 'हन ब्योंग थे' ने कही है। शैली आत्मकथात्मक है। हन ब्योंग थे तर्क और स्वतंत्रता का हिमायती है। वह अंध आदेश मानने से इंकार करता है। माना जाता है कि यह उपन्यास 1980 के ग्वांगजू सामूहिक हत्याकांड से प्रेरित होकर लिखा गया था जिसमें प्रजातंत्र के लिए आंदोलन कर रहे निहत्थे लोगों को दक्षिण कोरियाई सैनिकों (जिन्हें उत्तर कोरिया से लोहा लेने के लिए प्रशिक्षण दिया गया था और जो शायद युद्ध न होने की स्थिति में ऊब चुके थे) ने मौत के घाट उतारा था। कुछ समीक्षकों ने इसे उपन्यास न कहकर उपन्यासिका कहना चाहा है। इसे अन्योक्तिपरक उपन्यास भी कहा गया है जो उचित ही है।

काम पूरा करने की प्रक्रिया में जो मदद मुझे कोरियाई, हिंदी और अंग्रेजी भाषाओं की ज्ञाता कु. ली जिहयुन से मिली वह न केवल महत्त्वपूर्ण है अपितु अविस्मरणीय भी है। मुझे खुशी है कि कोरिया की ली जिहयुन ने बी.ए. और एम.ए. (हिंदी) हांगुक विश्वविद्यालय, सोल (दक्षिण कोरिया) से की है जहाँ मैं तीन वर्ष अतिथि आचार्य रहा हूँ। ली जिहयुन नई दिल्ली स्थित जवाहरलाल नेहरू विश्वविद्यालय से एम.फिल. (हिंदी) कर चुकी हैं और अब पी-एच.डी. की उपाधि के लिए शोध कर रही हैं। अनुवाद में भी विशेष रुचि है और इसी दिशा में शोधकार्य भी कर रही हैं। प्रतिभाशाली हैं। संयोग से ही भेंट हुई थी। जवाहलाल नेहरू विश्वविद्यालय के डॉ. रणजीत साहा ने मुझे इनका परीक्षक बनाया था। जब मैंने अपने द्वारा किए जा रहे उपन्यास के अनुवाद को मूल कोरियाई भाषा में प्रकाशित उपन्यास के आधार पर मिलाकर सुझाव देने का प्रस्ताव रखा तो ली जिहयुन ने उसे सहर्ष स्वीकार कर लिया और पूरी गंभीरता से मेरी भरसक मदद की। इस दौरान वह कोरिया में भी रहीं और हमारे बीच ई-मेल से सामग्री का आदान-प्रदान होता रहा। मुझे खुशी है कि अंततः अनुवाद के अंतिम रूप को ली जिहयुन ने 'अचूक' (perfect) स्वीकार किया। फिलहाल, मैं स्वयं अपने अनुवाद से संतुष्ट हूँ।

अनुवाद के प्रकाशन की प्रक्रिया में किसी न किसी रूप में अनेक लोगों और मित्रों का सहयोग/सद्‌भाव मिला है जिसके लिए मैं उन सबका आभार मनता हूँ। विशेष रूप से मैं नई दिल्ली स्थित भारत में कोरिया गणतंत्र के राजदूत, महामहिम जूनग्यू ली, कोरियाई सांस्कृतिक केंद्र के निदेशक श्री किम गुम प्योंग, सुश्री ग्वाकमी-रा, सुश्री सोन सुन ग्योंग, गायत्री, द वाइली एजेंसी यू.के. लिमिटेड के श्री स्टेफेनी डरबीशायर (Stephanie Shire), लिटरेचर ट्रांसलेशन ऑफ कोरिया की जेमी बेदुल किम (Jemmy Bedeul Kim), प्रोफेसर पंकज मोहन, कोरियाई महिला कवि रा हीदुक और साहित्यकार यी मुन यॉल की पुत्री का विशेष रूप से आभारी हूँ। यहीं मैं राजकमल प्रकाशन के श्री अशोक महेश्वरी के प्रति भी धन्यवाद ज्ञापित करना चाहता हूँ। मैं अपने परिवार के प्रति भी कृतज्ञ हूँ जिनके सहयोग के बिना मेरे लिए लेखन कार्य करना लगभग असंभव-सा है।

यह कृति मेरी एक महत्त्वाकांक्षा का परिणाम है। अतः इसे पाठकों के हाथ में सौंपते हुए मुझे बहुत ही संतोष और आनंद का सहज अनुभव हो रहा है।

—दिविक रमेश

Divik_ramesh@yahoo.com
Divikramesh34@gmail.com
+9910177099

खलनायक

लगभग तीस साल हुए, फिर भी जब कभी पीछे मुड़कर देखता हूँ तो वह अकेली, मुश्किल लड़ाई जो उस साल के वसंत से पतझड़ तक लगातार चली थी, मुझे आज भी वैसे ही उदास और खिन्न कर जाती है जैसे उस समय किया था। किसी भी तरह, लगता है जीवन भर हम हर वक्त ऐसी ही लड़ाइयों में उलझे रहते हैं। और ऐसा शायद इसलिए महसूस कर रहा हूँ क्योंकि सच में आज तक खुद को उससे मुक्त नहीं कर सका हूँ।

उस साल, मध्य मार्च के आसपास, जब अपने अंत की ओर होते हुए भी लिबरल पार्टी अब भी ताकतवर थी, मैंने सोल (सिऊल) का अपना अच्छा प्राथमिक स्कूल, जिसमें अब तक मैं बहुत ही गर्व के साथ पढ़ा था, छोड़ दिया। एक छोटे से कस्बे के साधारण स्कूल में बदली हो गया था। मेरे आबोजी (पिता) एक सरकारी मुलाजिम थे। जब वे एक विभागीय अंदरूनी झगड़े के झंझट में फँसे तो पूरा परिवार वहाँ के लिए निकल आया था। तब मैं बारह वर्ष का था और 5वीं कक्षा में बस गया ही गया था।

पहले दिन माँ के संरक्षण में प्राथमिक स्कूल पहुँच तो पाया कि अनेक कारणों से वह बहुत ज़्यादा निराशाजनक था। लाल ईंटों वाली, तिमंजिली भव्य मुख्य इमारत के इर्द-गिर्द क़ायदे से बनी नई स्कूली इमारतों को देखने के आदी मुझे, बाहर से प्लास्टर वाली और तारकोल से पुते जर्जरित बोर्डों की कक्षाओं वाली वह पुराने ढंग की जापानी इमारत, वर्णन से परे, भद्दी लग रही थी। पदच्युत हो जाने पर एक युवा राजकुमार (यह फ्रांसेस एच. बर्नेट (1886) (Frances H. Burnett) के उपन्यास लिटिल लॉर्ड फॉनलेरोय ('Little Lord Fauntleroy') के बारे में है जैसा महसूस कर सकता है वैसे एहसास ने मुझे अतिनाटकीय (मेलोनाटकीय) मोहभंग की भावनाओं में डुबो दिया था। भव्यता और आकार के सवाल से तो काफी परे, शायद एक ऐसे स्कूल से, जिसमें हर दर्जे की 15 कक्षाएँ होती थीं, इस एक दर्जे में मुश्किल से 6 कक्षाएँ वाले स्कूल में आने के कारण मेरे मन में तिरस्कार भावना ही जगी थी। लड़कों-लड़कियों की साथ-साथ बैठने वाली कक्षा में पढ़ने के बाद यहाँ

कक्षाओं में लड़कों-लड़कियों को सख्ती से दूर-दूर बैठना मुझे बहुत ही गँवारू प्रतीत हुआ था।

अध्यापक-कक्ष ने तो सच में पहले ही प्रभाव में मुझे रूखा बना दिया था। सोल के स्कूल का अध्यापक-कक्ष, सोल के सर्वश्रेष्ठ स्कूलों के अनुकूल बड़ा और चमकदार था और अध्यापक समान रूप से सजे-धजे और ज़िंदादिल थे जबकि यहाँ के स्कूल का अध्यापक-कक्ष मुश्किल से कक्षा के कमरे जितना था और उसमें बैठे अध्यापक मुर्दों की तरह थे—चिमनियों की तरह धुआँ उगलते, निर्जीव, भद्‌दे, अजाशी (ajosshis गँवारू के लिए—कोरियाई संबोधन)। मेरे साथ अंदर आने वाली मेरी माँ को पहचान कर प्रभारी अध्यापक हमारे पास आया था। वह भी मेरी अपेक्षाओं से काफी दूर निकला। एक सुंदर और दयालु अध्यापिका न भी मिलती, कम से कम एक मृदुभाषी, करुणाभरा, स्टाइलिश अध्यापक तो होना ही चाहिए था, मैंने सोचा। उसकी जैकेट की बाँह पर लगे माकोली (चावल से तैयार की गई कोरियाई वाइन) के धब्बे ने बता दिया था कि वह मेरे अनुरूप नहीं था। बाल उसके बिखरे हुए थे, तेल की तो छोड़िए कंघी तक नहीं किए हुए थे। आज सुबह उसने मुँह भी धोया होगा इसमें भी शक था। उसके आचार-व्यवहार से भी शक हो रहा था कि वह माँ को सच में सुन भी रहा था। साफ कहूँ तो इतनी निराशा हुई कि बताने को शब्द नहीं हैं मेरे पास। ऐसा आदमी मेरा नया अध्यापक था! शायद मुझे आने वाले वर्ष में खुद को खोलने वाली अनहोनी का पहले ही आभास हो गया था।

थोड़ी ही देर बाद जब कक्षा से मेरा परिचय कराया जा रहा था तो इस अनहोनी को खुद को दिखाने का मौका मिला।

''यह हन ब्योंगथे (Han B'yongt'ae) है, स्थांतरित होकर आया नया विद्यार्थी। आशा है तुम अच्छे से समझ गए।''

मात्र एक पंक्ति के इस परिचय को समाप्त कर, अध्यापक ने मुझे पीछे की खाली सीट पर बैठा दिया और सीधे अपने काम में जुट गया। जब मैंने औरों का ध्यान रखने वाले सोल के अध्यापकों के गुण के बारे में सोचा, जो हमेशा लगभग संकोच जगाने की हद तक नए विद्यार्थियों का लंबा गर्व-भरा परिचय देते थे, तो मन में आई कटुता को नहीं रोक सका। मुझे किसी प्रशंसा की जरूरत नहीं थी, पर विद्यार्थियों को कम से कम मेरे गौरव ही बता देते। मैंने आशा की थी कि इससे, शुरू में, औरों से संबंध बनाने में मदद मिलती। उस समय दो-चार बातें तो जरूर थीं जिनका ज़िक्र किया जा सकता था।

सबसे पहले तो स्कूल में मेरे काम की उपलिब्ध थी। भले ही कक्षा में मैं प्राय: प्रथम न आता हूँ लेकिन सोल के एक असाधारण स्कूल में पहले पाँच में तो था ही। मुझे इस पर मौन गर्व था; न केवल अध्यापकों बल्कि दूसरे बच्चों के साथ मेरे संबंधों को बढ़िया परिणाम दिलाने में इसकी भूमिका कम न थी। चित्रकला में भी मैं बहुत अच्छा था। ज़ाहिर है कि उतना भर राष्ट्रीय बाल कला प्रतियोगिता के लिए काफ़ी नहीं था लेकिन सोल के स्तर पर उच्च पुरस्कार जीतने में मैं काफ़ी अच्छा था। मेरा अनुमान है कि माँ ने बहुत बार मेरे अंकों और कला-योग्यता पर बल दिया था लेकिन अध्यापक ने उसकी पूरी तरह उपेक्षा कर दी थी। कुछ परिस्थितियों में मेरे पिता का पद भी मदद कर सकता था। वे इस छोटे कस्बे में अब भी कुछ ही उच्चतम प्रशासनिक अधिकारियों में थे। इससे क्या फर्क पड़ता है कि सोल में उन्हें एक धक्का लग चुका था, बहुत बुरा, इतना बुरा कि सोल से उन्हें यहाँ आना पड़ा था।

लड़के भी अध्यापक के जैसे ही निराशाजनक थे। सोल में जब कभी स्थानांतरित होकर नया विद्यार्थी पहुँचता तो दूसरे बच्चे पहले अल्प विराम का फायदा उठाते हुए उसके इर्द-गिर्द इकट्ठा हो जाते और हर तरह के प्रश्न पूछते: क्या स्कूल में तुम अच्छे हो, क्या तुम ताकतवर हो, क्या तुम सम्पन्न हो, ऐसे ही और प्रश्न जिसे बाद में आप संबंध कायम करने के लिए शुरुआती सामग्री जुटाना कह सकते हैं। लेकिन मेरे अध्यापक की तरह मेरे नए सहपाठियों को भी इस सब में बहुत रुचि न थी। अल्पविराम में वे दूर ही खड़े थे, तेज-तेज चोर निगाहों से देखते हुए, और अंतत: दोपहर के भोजन के समय कुछ लड़के आस-पास एकत्रित हो गए थे, महज पूछने के लिए कि क्या तुम ट्राम में बैठे हो, क्या तुमने दक्षिण-द्वार देखा है, इसी प्रकार के प्रश्न। लगता था, असल में वे मेरे स्कूल की वस्तुओं से ईर्ष्यालु या प्रभावित हो रहे थे। वे वस्तुएँ बहुत बढ़िया किस्म की थीं और सिर्फ मेरे ही पास थीं।

लेकिन आज लगभग तीस साल बाद पहले दिन की जो याद मेरे मस्तिष्क में कौंध रही है वह थी ओम सोकदे के साथ मेरी मुलाकात।

"रास्ता छोड़ो, तुम सब!"

मुझे घेरे बच्चे वे प्रश्न पूछ रहे थे जिनके बारे में पहले ही चर्चा कर चुका हूँ। अचानक उनके पीछे से एक धीमी आवाज आई। यह एक प्रौढ़ आवाज थी, जो मुझे चकित करने के लिए काफ़ी थी। कहीं अध्यापक तो वापस नहीं आ गया! बच्चे हिचके और एकदम पीछे हट गए। मैं भी चौंक गया था। मुड़ा और

देखा कि पीछे, बीच की कतार में, डेस्क पर एक लड़का बैठा था। वह मजबूती से मोर्चा लगाए हुए था और उसने एक खास, शांत समर्पण भाव से देखा था।

हम कक्षा में बस एक घंटा साथ थे, लेकिन इस लड़के को मैंने समझा। अध्यापक के अंदर आने पर जिस तरह से वह चिल्लाया था—"सावधान, नमस्ते करो! मैंने अनुमान लगाया कि वह कक्षा का मॉनीटर (कोरिया में कक्षा-अध्यक्ष, 'class president') था। लेकिन उसे विशिष्ट समझने का कारण उसका मॉनीटर होना उतना नहीं था जितना कक्षा में बैठे अपने आकार के 60 विद्यार्थियों में किसी भी लड़के की तुलना में उसका लगभग ऊँचे सिर वाला होना प्रतीत हुआ था,और उसकी आँखें औरों के भीतर जलती हुई प्रतीत हुई थीं।

"हन ब्योंगथे, तुमने यही कहा न, ठीक? यहाँ आओ।"

वह एक बार फिर उतने ही कोमल लेकिन दृढ़ स्वर में बोला। बस उतना भर। उसने उँगली तक न हिलाई थी तो भी मैंने पाया कि मैं लगभग उठ चला था। मुझ पर उसकी आँखों का अजीब सा असर था।

मैंने सोल वासियों वाली शातिर शालीनता से खुद को पक्का किया। मेरी पहली लड़ाई, मैंने सोचा, और इस अचानक हुए बोध के साथ इस लड़ाई को अंतिम अंजाम देने का संकल्प भी मन में आया। मैंने कल्पना की कि अगर मैंने शुरू से खुद को एक आसान गिड़गिड़ाहट के रूप में दिखा दिया तो ज़िंदगी दूभर हो जाएगी। लेकिन दूसरों की पूर्ण आश्चर्यजनक आज्ञाकारिता के सामने, एक उत्सुक चुनौती का भी प्रश्न था।

"क्या चाहते हो तुम," मैंने पेट को भीतर की ओर खींचकर विद्रोही स्वर में जवाब दिया। वह अंहकार से बस बजबजा दिया।

"मैं तुमसे कुछ पूछना चाहता हूँ।" उसने कहा।

"अगर तुम कुछ पूछना चाहते हो तो यहाँ आओ!"

"क्या!"

उसकी आँखों के कोर इतने गोल हो गए मानो उसने सब कुछ सुन लिया था; वह फिर बजबजाया, अहंकार से भरके। उसने और कुछ नहीं कहा। बस चुपचाप मेरी ओर देखा, उसकी आँखों ने मुझ पर इतना तेज निशाना बाँधा कि उनसे आँख मिलाना मुश्किल हो गया। लेकिन मैं अब दूर निकल आया था। यह भी एक तरह की लड़ाई थी, अपनी पूरी ताकत को समेटकर मैंने सोचा। उसके आस-पास बैठे बड़ों में से दो लड़के उठे और मुझ तक आ पहुँचे।

"खड़ा हो।"

दोनों ही गुस्से में दिखे। लगा जैसे वे किसी भी क्षण मुझ पर झपट पड़ेंगे। खैर, मैंने देखा, मैं उनमें से किसी से भी नहीं निपट सकता था। मैं तुरंत खड़ा हो गया था। उनमें से एक ने मुझे कॉलर से बुरी तरह पकड़ लिया था। वह चिल्लाया—

''क्या ओम सोकदे ने तुम्हें आने को नहीं कहा? क्लास मॉनीटर!''

यह पहला मौका था जब मैंने ओम सोकदे नाम सुना था। यह नाम मेरे स्मृति-पटल पर इसे सुनने के क्षण से ही खुद गया था। शायद लड़के के अजीब ढंग से उच्चारण के कारण। मानो वह किसी महान और भद्र व्यक्ति का नाम ले रहा हो, मानो वैसा आदर करना और आज्ञापालन ही उचित था। इस सोच ने मुझे एक बार फिर कँपा दिया था, लेकिन मैं अब हार नहीं मानना चाहता था। सो आँखें मेरी ओर लगी थीं।

''तुम कौन हो साथियो?''

''मैं खेलों का प्रभारी हूँ और यह कक्षा-कक्ष के रख-रखाव का।''

''तो, इससे क्या?''

''ओम सोकदे, हमारी कक्षा का मॉनीटर...क्या उसने तुम्हें आने को नहीं कहा?''

एक बार फिर यह सुनकर कि उसका नाम ओम सोकदे था, वह मॉनीटर था और इसी कारण मुझे उसके सामने उपस्थित होना था और उसके आदेश की प्रतीक्षा करनी थी, मुझमें भय का एहसास हो चला था।

मेरे अनुभव के अनुसार सोल के मॉनीटरों का काम उनकी शारीरिक ताकत से किसी भी तरह संबद्ध नहीं था। कभी-कभी संपन्न परिवारों से अथवा खेलों में अच्छा और इसीलिए लोकप्रिय होने के कारण वे मॉनीटर बनाए जाते थे। लेकिन मॉनीटर और उप-मॉनीटर का बनाना प्रायः परीक्षा में प्राप्त अंकों पर निर्भर करता था और उनके काम से जुड़ी खास प्रतिष्ठा को छोड़ दें तो उनका काम प्राध्यापक और हमारे बीच संदेशवाहक से अधिक कुछ नहीं था। और बहुत ही अपवादस्वरूप कभी-कभार शारीरिक रूप से ताकतवर विद्यार्थी मॉनीटर बनाया गया तो वह अपनी ताकत का प्रयोग कभी दूसरों को दबाने-धमकाने या बलपूर्वक दूसरों से गुलामों का काम कराने के लिए नहीं करता था। यह सब महज आगामी चुनाव के लिए नहीं था; इसे (किसी के दबाव में गुलामी का काम करना) बच्चे स्वयं बर्दाश्त नहीं करेंगे। फिर भी, उस दिन, मैं एक सर्वथा नए प्रकार के मॉनीटर से मिला था।

"अगर मॉनीटर बुलाता है, तो क्या ऐसा होता है? क्या बुलाने पर हमें भागकर उसके पास जाना होता है और उसके आदेश के लिए प्रतीक्षा करनी होती है?" एक सच्चे सोल निवासी की तरह मैंने आखिरी फैसला सुनाते हुए पूछा।

आगे क्या हुआ मैं नहीं समझ सका। अभी होंठों से शब्द निकले ही थे कि मुझे देख रहे लड़कों की हँसी फूट पड़ी। 50 से अधिक विद्यार्थी जिनमें मुझे कष्ट पहुँचाने वाले दो लड़के और ओम सोकदे भी था, भद्दी हँसी के कहकहे लगा रहे थे, जैसे मैंने कोई निरी बेवकूफाना बात कही हो। कुछ भी तो समझ नहीं आ रहा था। जब थोड़ा सामान्य होने पर मुझे अचम्भा हुआ कि ऐसा मैंने क्या कह दिया था जिस पर उन्हें इतनी हँसी आ गई तो कक्षा के रख-रखाव के प्रतिनिधि छात्र ने अपनी हँसी अच्छे से दबाते हुए पूछा—"तुम्हारा मतलब है कि मॉनीटर के बुलाने पर तुम नहीं आते? किस किस्म के स्कूल में जाते थे तुम? कहाँ था वह? क्या तुम्हारा कक्षा-मॉनीटर नहीं था?"

आगे जो हुआ वह शायद चेतना की असहज ऐंठन थी। अचानक ही एहसास हुआ कि जैसे मैं बहुत गलत कर रहा था—एक किस्म का भ्रम कि बुलाने के बाद जैसे अध्यापक की अवज्ञा कर रहा था। अध्यापक के सामने हार मानने से, जानते-बूझते इंकार का यह विशाल भ्रम, हो सकता है लड़कों की हँसी के निरंतर अट्टहासों के कारण पैदा हुआ हो।

हिचकते हुए, जैसे ही मैं ओम सोकदे के पास पहुँचा, उसने अपनी उग्र हँसी को एक भली, सुखद मुस्कुराहट में बदल लिया।

"मिनट भर के लिए मॉनीटर के पास आना क्या इतना कठिन है?" —उसने पूछा।

उसकी आवाज अब अलग थी—स्नेह से सनी हुई। उसकी इस भलमनसी से मैं इतना प्रभावित हुआ कि लगभग उछल पड़ा और अपना सिर हिला दिया। लेकिन एक विशेष प्रतिरोध ने अब भी मुझे जकड़ा हुआ था, भले ही वह चेतना के शायद सबसे निचले स्तर पर खिसक आया हो। प्रतिरोध के इस एहसास ने मुझे गरिमा के विरुद्ध कुछ भी करने से रोका।

ओम सोकदे एक असाधारण लड़का था। कुछ ही देर में उसने मेरी इच्छा के विरुद्ध उसके प्रति हो गए किसी भी एहसास को न केवल साफ कर दिया था बल्कि उसने अध्यापक के प्रति हुए निराशा के एहसास से भी मुझे मुक्त कर दिया था, जिसकी ओर मैं निरंतर ध्यान दे रहा था।

"सोल का कौन-सा स्कूल बताया था! कितना बड़ा है वह? सोचता हूँ एक बहुत बड़ा स्कूल? उसकी तुलना में हमारा स्कूल तो एकदम नहीं ठहरेगा, क्या ठहरेगा?"

ऐसे सवाल पूछकर उसने मुझे अपने सोल के स्कूल के बारे में बढ़-चढ़कर बघारने का सरल मौका दे दिया था। मैं कह सका कि वहाँ तीसरे दर्जे में बीस से ज़्यादा कक्षाएँ थीं, कि स्कूल के पास 60 वर्षों से ज्यादा की परंपरा थी, कि इस वर्ष की प्रवेश-परीक्षा में लगभग 90 विद्यार्थियों को क्योंगी माध्यमिक स्कूल में स्थान मिला है।

"परीक्षा में तुम्हारे अंक कैसे रहे? अपनी कक्षा में तुम किस स्थान पर रहे? और किसमें तुम अच्छे हो?" उसने पूछा तो मुझे फिर शेखी बघारने का मौका मिला कि चौथे दर्जे में मैंने कोरियाई विषय में सबसे बड़ा पुरस्कार जीता (हमारा स्कूल हर विषय में उच्च पुरस्कार देता था), और यह भी कि पिछले वर्ष मैंने क्योंग्बोक महल में आयोजित बाल कला-प्रतियोगिया में उच्चतम पुरस्कार जीता था।

सबकुछ इतना ही नहीं था। लगभग इतना जरूर था जिससे सोकदे मेरे हृदय को ठीक से पढ़ सका था। उसने मेरे पिता के काम के बारे में और हमारे परिवार के हालात के बारे में भी पूछा। सो बिना किसी अद्वितीय हवाबाजी के निशान के, मैं बता सका कि स्थानीय प्रशासन में मेरे पिता प्रादेशिक (काउंटी) मैनेजर से एक पद भर नीचे थे और हम एक रेड़ियो, दीवारी पैण्डुलम घड़ी और तीन घड़ियों के साथ बड़ी आराम की ज़िंदगी जी रहे थे।

"अच्छा है...चलो देखते हैं..."

मुझे यह भान कराते हुए कि उसके दिमाग में कुछ चल रहा था, सोकदे ने एक प्रौढ़ की तरह अपनी बाँहों को समेटा और अपनी कतार के सामने की कतार के एक डेस्क की ओर इशारा किया।

"तुम वहाँ बैठो," उसने कहा, "वह तुम्हारी सीट है।"

इस अप्रत्याशित आदेश से मैं थोड़ा चौंका।

"अध्यापक ने मुझे वहाँ पीछे बैठने को कहा था," मैंने कहा, अचानक याद करते हुए कि सोल में कैसे होता था लेकिन कुछ क्षण पहले के झगड़ालू भाव के बिना। सोकदे ने मेरे कहे को दूसरे कान से निकाल दिया, मानो उसने कुछ सुना ही न हो।

"किम योंग सू! हन ब्योंगथे के साथ अपना स्थान बदल लो!"

सोकदे के आदेश पर बिना जरा भी चू-चपाड़ किए लड़के ने अपना सामान बस्ते में समेट लिया। लड़के की पूर्ण आज्ञाकारिता ने मुझे फिर एक बार चौंका दिया था। मैं क्षण-भर को ठिठका, लेकिन यह सोच कर कि कहीं मेरा ठिठकना प्रतिरोध न समझ लिया जाए, मैंने जगह बदल ली।

उस दिन कम से कम दो और बातों ने मेरे दिमाग को असमंजस में डाल दिया। पहली घटना, दोपहार के भोजन के समय घटी। जब सोकदे से मेरी बातचीत खत्म हो गई तो उसने डेस्क(मेज़) पर अपना दोपहर के भोजन का डिब्बा रख दिया। यह हर लड़के को अपना-अपना डिब्बा खोलने का संकेत था। पाँच या छह लड़कों का समूह चीजें लेकर सोकदे की ओर बढ़ा। उसके डेस्क पर रखी चीज़ों में, भाप में पकी शकरकंद और अंडे, मूँगफली के भुने हुए दाने, कुछ सेब और ऐसी ही कुछ और चीज़ें थीं। अंततः सामने की पंक्ति के एक लड़के ने चीनी मिट्टी के एक प्याले में थोड़ा पानी डाला और आदर सहित वहाँ रख दिया। हरेक ने ऐसा व्यवहार किया जैसा पिकनिक (वन विहार) में अध्यापक के प्रति किया जाता है। सोकदे ने बिना शुक्रिया कहे सब चीज़ों को स्वीकार किया। ज़्यादा से ज़्यादा, अंडे लाने वाले लड़के के प्रति उसने हल्की सी मुस्कान भर दी थी।

दूसरी घटना पाँचवें घंटे के बाद के अल्प विराम में घटी जब कक्षा में मुझसे अगली पंक्ति में दो लड़के आपस में भिड़ गए और एक का नाक खून से लथपथ हो गया। जो लड़के यह सब देख रहे थे, सीधे सोकदे के पास पहुँचे। मुठभेड़ के बाद, बात को सँभाल न पाने की स्थिति में, सोल के बच्चों का यह अध्यापक के पास जाने जैसा था, और जिस तरह घटना के बताए जाने पर सोकदे ने बर्ताव किया, वह भी अध्यापक के बर्ताव से अलग नहीं था। उसने प्राथमिक चिकित्सा-बक्से से रूई का फाहा लेकर लड़के के, खून निकल रहे नाक में ठूँस दिया। उसके बाद, उसका सिर पीछे की ओर पकड़ा। उस लड़के के गाल पर कुछ थप्पड़ भी जड़े जिसके कारण लड़के की नाक से खून निकला था और उसे, हाथ खड़े कर, मेज़ पर घुटने के बल खड़ा कर दिया था। दोनों लड़कों ने सोकदे की हिदायतों को चुपचाप मान लिया था मानो कुछ भी असामान्य न हो। छठे घंटे के लिए आए अध्यापक का आचरण तो और भी अधिक अजीबोगरीब था। सोकदे की रपट चुपचाप सुन लेने के बाद, ब्लैक बोर्ड के झाड़न को साफ करने वाली छड़ी उठायी और अपराधी की हथेलियों पर कसकर दे मारी। इस तरह किन्हीं भी शब्दों से कहीं अधिक मजबूती और

असरदार तरीके से उसका समर्थन करते हुए। मुझे सोकदे का व्यवहार संगीन प्रतीत हुआ था।

उस दिन जब मैं स्कूल के बाद घर लौटा तो नई व्यवस्था और वातावरण को फिर से ध्यानपूर्वक जाँचना शुरू किया। अचानक ही एक बहुत ही अजीब स्कूली वातावरण में पड़ जाने और नई व्यवस्था की सख्ती से मिली धमकी के एहसास, जो मुझ पर दबा चला आ रहा था, के परिणामस्वरूप एक खास दिमागी लकवे ने मेरे सिर को एक प्रकार के कोहरे से भर दिया था। हर चीज़ धुँधली थी और मैं कुछ नहीं सोच सका था।

यद्यपि 12 की उम्र में अब भी बाल-सुलभ मासूमियत से चीजों को निपटाना काफी आसान था, और चाहे दिन-भर की घटनाओं की तीक्ष्ण यादें चेतना पर व्यंग्य बल्कि उसके लकवा मारने का कारण थीं, मैंने महसूस किया कि मैं खुद को, इस नई व्यवस्था और हालात में खुद को ढालने के योग्य नहीं हो सकूँगा। जो भी घटा था, बड़ों के लहजे, तर्क और आज़ादी के रूप में, उसने सिद्धांतों को, जिनका पीछा आजीवन करता रहा, पूरी तरह ध्वस्त कर दिया था। अभी मैंने पूर्ण आघात का सीधा अनुभव नहीं लिया था, लेकिन इस नई व्यवस्था और वातावरण को स्वीकार करने के बाद, मुझे भविष्य में झेली जाने वाली असंगति और हिंसा का अस्पष्टता से ज्यादा पूर्वाभास हो चुका था। यह सब, एक भयावह पूर्व नियोजित योजना का कठोरता से वास्तविक हो जाने जैसा था।

फिर भी, उससे लड़ाई का भविष्य, वर्णन के परे नीरस था। लड़ाई कहाँ से शुरू की जाए, किससे करनी होगी और उसका संचालन कैसे करना होगा, यह सब नीरस था। बस एक बात साफ थी कि कहीं न कहीं गड़बड़ थी। फिर एक बार प्रौढ़ की शैली में कहूँ तो असंगति और हिंसा की बुनियाद पर टिका अत्यधिक अन्याय का अस्तित्व। और इस समय मुझसे सघन समझ या सघन प्रत्युत्तर की अपेक्षा करना बहुत ज्यादा था। सच कहूँ तो आज 40 का होने पर भी ऐसी स्थिति से निपटने का भरपूर विश्वास मुझमें नहीं है।

भाई न होने की स्थिति में, यह कदाचित हालात की मनहूसियत थी कि मुझे सोकदे के बारे में अपने पिता को बताना पड़ा। उस दिन सोकदे के साथ क्या क्या करना पड़ा इस सबका मैं वर्णन करना चाहता था और सलाह लेना चाहता था कि भविष्य में क्या किया जाए। लेकिन मेरे पिता की प्रतिक्रिया मेरे लिए बहुत अप्रत्याशित थी। अभी मैंने सोकदे के विचित्र व्यवहार का वर्णन

मुश्किल से खत्म ही किया था और सलाह की आशा में एक प्रश्न पूछने ही वाला था कि पिता ने अचानक आश्चर्य-भरी आवाज में कहा, ''लड़के में कोई बात है। तुमने उसका नाम सोकदे बताया था, यही न? यदि वह अभी से ऐसा है तो निश्चित रूप से बड़ी चीजों की दिशा में बढ़ रहा है।''

स्पष्ट था कि पिता ने यहाँ किसी भी अन्याय का होना नहीं देखा था। गुस्से से परेशान अब मैंने पिता को सोल की मॉनीटर-व्यवस्था के बारे में बताया। वर्णन किया कि कैसे-कैसे चुनाव के द्वारा तर्कयुक्त ढंग से चीज़ों पर निर्णय लिया जाता था। लेकिन तर्क और आज़ादी से मेरे जुड़ाव को पिता विशुद्ध रूप से मेरी कमजोरी के चिन्हों के रूप में व्याख्यायित करते प्रतीत हुए।

''कितने कमजोर हो तुम! तुम हमेशा भीड़ का हिस्सा ही क्यों बने रहना चाहते हो? क्यों सोचते हो कि तुम कभी मॉनीटर नहीं बन सकते? सोचो सबकुछ कैसा हुआ होता अगर तुम खुद मॉनीटर होते। एक मॉनीटर के कार्य से बेहतर कौन-सा उदाहरण हो सकता था।''

बाद में वे मॉनीटर के काम पर, जो अभी सोकदे के पास थे, मेरी धारणा बनाने के लिए दलील देते रहे—यह बताते हुए कि कक्षा के दुर्भाग्यपूर्ण स्थिति में होने पर न तो वैसी स्थिति बनाने वाले हालात और न ही उस हालात के बुरे प्रबंधन वाली व्यवस्था पर गुस्सा करो।

बेचारे पिताजी! सोचता हूँ कि अब जाकर मैंने उन्हें समझा। सोल के केंद्रीय कार्यालय के लुभावने पद से निकाल फेंकने पर यहाँ प्रादेशिक प्रशासन में सामान्य मसलों के अनुभागीय मुखिया हो जाने पर हेठी का कटु स्वाद, सत्ताहीनता का एहसास! निरीक्षण के लिए आए मंत्री के स्वागत में दौड़ पड़ने के बजाय अपने स्थान पर ही बैठे रहने के कारण, उन्हें एक अति ईर्ष्यालु बॉस के द्वारा कष्ट दिया गया था। उन्हें अब जीवन के किसी भी समय से अधिक सत्ता की प्यास थी। लेकिन वे मेरे बचपन में हमेशा संतुलित रहे थे—एक ऐसे प्राणी जिन्होंने मेरी बालसुलभ चतुराई को, भ्रमपूर्वक, मेरी बाहर जाने और किसी लड़के की पिटाई करने की योग्यता के रूप में लेते हुए माँ को अनेक बार डाँटा था।

नि:संदेह उस समय इस पृष्ठभूमि को जानने का मेरे पास कोई रास्ता नहीं था। अत: मेरे पिता में आए तात्कालिक बदलाव ने मुझे पूरी तरह शून्य कर दिया था। मेरा भ्रम और भी बढ़ गया था क्योंकि बाद में मेरे निर्णयों पर, अध्यापक के बाद, मेरे पिता का ही प्रभाव मुझ पर सबसे अधिक था। नजीतन, लड़ाई से

निपटने के लिए किसी रणनीति बनाने की बजाय, मैं अन्याय के होने के बारे में भ्रमित हो उठा था और लड़ाई जरूरी है अथवा नहीं इसका निर्णय करना कठिन था।

इस सबके बावजूद मैंने अपने पिताजी की सलाह को ध्यान से सुना था। अगले दिन स्कूल पहुँचते ही मैंने संभावनाओं की जाँच-पड़ताल शुरू की। पिता की सलाह, हालाँकि काफी व्यावहारिक थी। सोल से अलग जहाँ कक्षा-मॉनीटर का चुनाव हर सत्र में होता था, वहाँ, बताया गया, वसंत तक कोई चुनाव नहीं होगा। और कक्षा को कैसे विभाजित किया जाएगा, यह जानने का भी वहाँ कोई तरीका नहीं था। और चाहे मैंने चुनाव की तैयारी की हो, मुझ जैसे के लिए जो अचानक 5वीं कक्षा में आ पड़ा हो, चुनाव जीतने का मौका बहुत ही कम या एकदम नहीं था। और अगर जीतना मुमकिन भी होता तो इस बीच मुझे और अन्य बच्चों को मिलने वाली प्रताड़ना का विचार एक भयावह सपने की तरह था। इसके अलावा, अपनी सुविधानुसार जब मैंने अगले वर्ष के लिए तैयारी की तो ओम सोकदे ने प्रतीक्षा नहीं की।

उस पहले दिन की हमारी छोटी सी तकरार ने, चाहे वह मेरे समर्पण के बाद समाप्त हो गई थी, ओम सोकदे पर गहरा असर डाला था। बेशक, उसने उसे रक्षात्मक बना दिया था। शायद पहले दिन अपनी जीत के प्रति पूरी तरह आश्वस्त न होने के कारण, उसने उसे अगले दिन उसकी पुष्टि के लिए कोशिश की। फिर एक बार दोपहर के भोजन के समय। मैंने अभी अपने लंच बॉक्स का ढक्कन हटाया ही था कि अगली पंक्ति में बैठे लड़के ने मेरी ओर देखा और कहा—

''आज तुम्हारी बारी है। ओम सोकदे के लिए एक कप पानी ले आओ, उसके बाद तुम अपना भोजन खा सकते हो।''

''क्या?''

बिना कुछ सोचे-समझे मैं जोर से बोला था।

''क्या तुम बहरे हो? एक कप पानी लाओ। हम नहीं चाहते कि मॉनीटर के गले में भोजन अटके। आज तुम्हारी बारी है।''

''किसकी बारी है यह किसने तय किया? हमें मॉनीटर के लिए पानी क्यों लाना होगा? क्या मॉनीटर अध्यापक है या.. ? क्या मॉनीटर के हाथ-पाँव नहीं हैं?'' मैंने ज़ोरदार विरोध किया और पूरा तिरस्कार किया। सोल में ऐसा अपमान असह्य अपमान में गिना जाता। गाली-गलोच की भाषा बोलने से

रोकने के लिए मुझे खुद काफी कोशिश करनी पड़ी। मेरी साफगोई ने लड़के को ठिठका दिया था। अचानक ही पीछे से ओम सोकदे की परिचित धमकी भरी आवाज सुनाई पड़ी।

''अरे, हन ब्योंगथे! छोड़ो भी और एक कप पानी लाओ!''

''नहीं, मैं नहीं लाऊँगा।''

मैंने सोकदे का सख्त पत्थरीली नकार से स्वागत किया। इतना गुस्सा था मुझे कि मैंने उसकी ओर देखा तक नहीं। उसने ढक्कन को अपने लंच बॉक्स पर धड़ाम से दे मारा और मेरी ओर कदम बढ़ाए। वह गुस्से में था।

''मुझे कुछ करना होगा तुम्हारा, सेकी (कोरियाई गाली या अपशब्द)'' वह धमकाते हुए ज़ोर से चिल्लाया। गुस्से से उसकी आँखें फैल गई थीं और उसने मुक्का तान लिया था।

''खड़ा हो! तो तू पानी लाने से मना करता है?''

वह मुझे बलपूर्वक समर्पण करने के लिए दृढ़ निश्चयी प्रतीत हो रहा था। मिजाज के इस अचानक बम फूटने से भयभीत मैं सहसा खड़ा हो गया। एक क्षण के लिए मैं ठिठका। जल्दी ही मुझे एक अच्छा विचार सूझा।

''ठीक है, पहले मैं अध्यापक से पूछता हूँ। तब मैं तुम्हारे लिए पानी लाऊँगा। मैं पूछूँगा क्या मॉनीटर के लिए सहपाठी को पानी लाना होगा?''

बात खत्म करते ही मैं लम्बे डग भरता चला। अपने इस अनुभव पर कि वह अध्यापक पर अच्छा प्रभाव जमाने के प्रति बहुत सतर्क था, मैंने हर कुछ दाँव पर लगा दिया था। उस पर हुए असर से यहाँ तक मैं भी दंग था।

''ठहरो!''

मेरे कुछ ही कदम आगे बढ़ाने से पहले सोकदे चीखा। बोला—''ठीक है, भूल जाओ! मुझे तुम जैसे सेकी (जानवर की औलाद—कोरियाई अपमानजनक शब्द), से पानी नहीं चाहिए।''

वह एक भव्य विजय जैसी लगी थी, पहली निगाह में। वास्तव में वह एक अकेली, उबाऊ लड़ाई की शुरुआत थी जो अगले 6 महीनों तक चलती रही।

क्योंकि सोकदे, पिछले वर्ष से, कम या बिना विरोध के कक्षा का संचालन करता आ रहा था इसलिए सोकदे ने महसूस किया कि मैं जरूर भड़काऊ और आफ़त हूँ। उस दिन मेरी कार्यवाही जरूर साधारण अवरोध से अधिक नज़र आई होगी जिसे उसने एक गंभीर चुनौती के रूप में लिया होगा। साथ ही, यदि उसके पास दिमाग था, तो स्पष्ट था कि वह कितने ही तरीकों से मुझसे निपट

सकता था। अर्थात उसके पास अध्यापक की दी हुई मॉनीटर की वैधानिक शक्ति थी और पूरी कक्षा में वह उत्तम मुक्कों का धनी था।

लेकिन, गुस्से से मुक्का जड़ना तो दूर उसने मेरे प्रति, सीधे-सीधे, दुश्मनी भी नहीं जताई थी। जब उसने अध्यापक के अधिकार का उपयोग करते हुए गृह कार्य जाँचा या सफाई संबंधी कामकाज का निरीक्षण किया तो मेरे विरुद्ध भेदभाव का उपयोग नहीं किया। इस बारे में पीछे देखता हूँ तो उसने,एक लड़के से एकदम अनपेक्षित दिव्य शांत मन:स्थिति और सटीकता दिखाई थी।

उत्पीड़न और भेदभाव अक्सर मिलते लेकिन सोकदे जहाँ होता उससे कहीं दूर से। जो लड़के सोकदे के करीब भी नज़र नहीं आते थे, वे भी नगण्य बातों को लेकर लड़ते। और जब कक्षा मेरा मज़ाक बनाने या मुझे कठिनाई में डालने को गिरोह बनाती तो सोकदे वहाँ कभी उपस्थित नहीं होता। बिलकुल ऐसा ही तब भी होता जब अनावश्यक विद्वेष दिखाकर वे मुझे खेलों से बाहर करते, या जब मैं बकवास करने वाले एक ऊधमी समूह के पास पहुँचता तो वे मुँह बना लेते और चुप हो जाते, जिसके पीछे ज़ाहिर है कि सोकदे का ही हाथ होता। लेकिन वह कभी आसपास नहीं दिखता। सूचना का भी सवाल था, जो बच्चों के लिए महत्त्वपूर्ण होती है, जिसे बड़े भले ही महत्त्वहीन समझते हैं। मसलन, फेरीवाला कहाँ है, सर्कस वाले ने अपना तंबू कहाँ गाड़ा है, स्टेडियम में साँड़ों की लड़ाई कब है, नदी के किनारे कब सांस्कृतिक केंद्र मुफ्त की फ़िल्म दिखाने जा रहा है—इसी प्रकार की सूचनाएँ। मुझे हमेशा छोड़ दिया जाता। सोकदे से इस सब का सीधे-सीधे कोई संबंध नहीं होता।

सच तो यह है कि जब सोकदे मेरे पास आता तो बहुत बार संरक्षक या संकटमोचक की भूमिका में होता। जब मुझे चोंच मारकर आघात पहुँचाने वाले किसी लड़के पर, जिससे मैं किसी तरह लड़ने के काबिल नहीं हूँगा, अपना पसीना बहा रहा होता तो सोकदे ही होता जो दृश्य पर प्रकट होता और लड़ाई को रोकता। और सोकदे ही के कारण, वांछित अकेलापन भोग लेने के बाद मुझे दूसरों के खेलों में भागीदारी की अनुमति मिली थी।

जो भी हो, सोकदे की शांत चित्तावस्था और डॉक्टरी सुध-बुधता की तुलना, जो घट रहा था उसके प्रति मेरी अपनी सजगता की तेजी से की गई थी। शुरू से ही मैं अपने आंतरिक ज्ञान के कारण लड़कों के द्वारा दी गई उत्पीड़ा से लेकर सोकदे-प्रदत्त मुक्ति से बँधी अदृश्य डोर के प्रति सजग था। मुझमें एक शांत आंतरिक सजगता थी कि वह सब उसकी मुझे अपने हुक्म में लाने की गंदी

चाल थी। परिणामस्वरूप उसके द्वारा मिली मुक्ति ने मेरे भीतर कृतज्ञता का भाव भरने के स्थान पर मुझे लज्जा के कटु एहसास से कँपा दिया था। तीव्रता के एक नए स्तर पर मेरे हृदय में धधकती हुई दुश्मनी की आग ने मुझे बाद में होने वाली लम्बी और कठिन लड़ाई में टिके रहने की ताकत प्रदान की थी।

लड़ाई का मसला हो तो कहना न होगा कि सबसे पहली विजय को लेकर एक 12 वर्षीय सोचता है तो वह शारीरिक ताकत से मिलने वाली विजय होती है। लेकिन सोकदे के साथ की लड़ाई में, पहली लड़ाई से ही इसकी कोई संभावना नहीं थी। सोकदे मेरे सिर से लंबा था और अधिक ताकतवर था। मेरे सुनने के अनुसार उसका पारिवारिक बंधन ही गलत था। भले ही वह उसी कक्षा में था जिसमें हम थे, लेकिन वह दो या तीन वर्ष बड़ा था। इसके अतिरिक्त वह लड़ने की कला में असाधारण रूप से माहिर था। चौथी कक्षा में आने तक तो वह मिडिल स्कूल के विद्यार्थी तक को पीटने में काफ़ी तेज और हिम्मती हो गया था।

अत: जो बात मैंने सबसे पहले आजमाई वह थी सोकदे और कक्षा के उन तमाम बच्चों को दूर-दूर रखना। खासकर मैंने, कक्षा में उसी के आकार-प्रकार के उन तीन या चार लड़कों पर जो कक्षा में पीछे बैठते थे, यह कल्पना करते हुए कि यदि वहाँ पेच कसा गया तो उनकी मदद से सोकदे से निपटा जा सकता है, अपना ध्यान केंद्रित किया। मैंने इसी दिशा में अपनी प्रमुख कोशिश की। माँ से जबान लड़ाकर, अपनी अधिक जेबखर्ची के उपयोग से मैं उनका अस्थायी समर्थन ही खरीद सका था। लेकिन उन्हें और सोकदे को दूर रखने की कोशिश में मैं हर बार असफल हुआ। चीजें ठीक चल रही होतीं और मैं थोड़ा-बहुत समर्थन जीतता प्रतीत होता, लेकिन जैसे ही मैं सोकदे के विरुद्ध उन्हें उकसाने के लिए कुछ कहता, उनके चेहरों पर खास तनाव आ जाता और वे अक्सर अगले दिन से ही मुझे टालना शुरू कर देते। उनमें सोकदे का अंत:स्फूर्त आतंक प्रतीत होता।

आज जब सोचता हूँ तो पाता हूँ कि मेरी असफलताओं के कारण जितने सोकदे की नेताई खूबियाँ थीं उतनी ही मेरी गलतियाँ थीं। बच्चों तक के दिमागों में कुछ था जिसने न्याय और आज़ादी की दिशा में प्रौढ़-आकांक्षा के प्रति प्रतिक्रिया दी थी। मैंने खुद को अपनी निजी भावनाओं और जल्दबाजी वाली मन:स्थिति में बह जाने दिया, इसलिए इसके समर्थन में लड़कों को सजग करने या फुसलाने की बजाय मैंने एक त्वरित साफ लाभ खरीदने की ओर ध्यान

केंद्रित किया। इसके अलावा मैंने छलयुक्त और अशिष्ट राजनीतिक निपुणता का अनुसरण किया।

फिर भी, सोकदे के साथ लड़ाई में सबसे बड़ी निर्णायक हार अध्ययन के क्षेत्र में हुई थी, एक ऐसा क्षेत्र जिसको लेकर मैं बहुत आश्वस्त था। लड़ाई की शुरुआत से ही मैंने परीक्षा में अंकों की दृष्टि से सोकदे को जमीन चटाने की अपनी योग्यता को पहचाना था। एक महीने तक मैं मध्य-अप्रैल की नियमित परीक्षा की प्रतीक्षा करता रहा था जिसने मुझे बना-बनाया मौका दिया था।

कम से कम इस क्षेत्र में आत्मविश्वास होने के मेरे पास कारण भी थे। सोल के स्कूल और इस स्कूल के बीच का बहुत बड़ा अंतर, पहला स्थान आसानी से प्राप्त करने का सूचक था और उस पर सोकदे अधिक पढ़ता भी नज़र नहीं आता था। भौतिक और मानसिक मानवीय मामले में अब भी लोगों को उनकी ताकात दिखाने की मेरी आदत बरकरार थी और अधिकतर वैसा होता भी था। वही आदत इस समय शुरू हो गई लगती थी।

चुपचाप दिन गिनते हुए मैंने परीक्षा के लिए प्रतीक्षा की लेकिन परिणाम काफी अप्रत्याशित निकले। सोकदे ने औसतन 98.5 प्रतिशत अंक प्राप्त किए थे। अपनी कक्षा में तो वह प्रथम आया ही था पर संपूर्ण दरजे में भी वह प्रथम था। और मैंने 92.6 प्रतिशत अंक लेकर कक्षा में दूसरा स्थान ही ले सका था। और दरजे में मेरा स्थान पहले 10 तक में नहीं था। चाहे उतना बड़ा अंतर नहीं था जितना मुक्के के मामले में था तो भी सच यही था कि उससे मेरा कोई मुकाबला नहीं था। ऐसे साफ परिणाम के समक्ष उसे लेकर अजीब सोचने या उस पर गुस्सा करने की कोई तुक नहीं थी।

बावजूद इसके, मैंने खुद को उस आशाविहीन लड़ाई में झोंका था। एक अंधकारमय अजीब जोश के प्रवाह में मैंने खुद को न के बराबर समझा था। मुझे अब न मुक्कों से, न किसी का पक्ष लेने से या पढ़ाई से ही कोई आशा थी, इसलिए मैंने अपना ध्यान सोकदे की कमजोरी की ओर मोड़ा—मुझे यकीन था कि वह दूसरों का फ़ायदा उठा रहा था। मैंने जल्दी ही, हर रणनीति के असफल हो जाने पर, बड़ों के द्वारा लड़ाई में अपनाई जानेवाली रणनीति का मूल ढाँचा अपनाया। भद्दी अफवाहों को उजागर करने की रणनीति।

मैंने अब सोकदे के गलत कारनामों को कुरेदना शुरू किया ताकि सूचना का सबसे पहले उपयोग करके अध्यापक और उसे दूर रख सकूँ। मैं जानता था

कि लड़ाई में उसकी कुशलता के बराबर ही अध्यापक के उसके प्रति विश्वास की हिस्सेदारी थी। अध्यापक के उसके प्रति अंधविश्वास के चलते सोकदे को सफाई का कामकाज जाँचने, घर का का काम जाँचने, यहाँ तक कि सजा देने का अधिकार भी मिला हुआ था। उसी ने उसे हिंसा करने का एक वैध ढाँचा प्रदान किया था और हम पर इतनी शक्ति से हुकूमत करने की अनुमति भी दी थी। मैं कोई तार्किक व्याख्या नहीं कर सकता लेकिन मैं जानता हूँ कि मुझे उसका स्पष्ट बोध था।

तथापि सोकदे के दुष्ट कर्मों का खुलासा करना सरल सिद्ध नहीं हुआ। कक्षा में दमन के वातावरण और लड़कों के उदास-कुचले हुए चेहरों को जाँचने पर मैंने सोचा कि थोड़ी-बहुत खोजबीन करने पर उसके जुल्म बाहर आ जाएँगे। लेकिन कुछ भी महत्त्व का खोजने में मैं असफल रहा। वह साफ तौर पर लड़कों को पीटता और गाली देता लेकिन उसके पास हमेशा वह सब अध्यापक की अनुमति से करने का बहाना होता। और चाहे वह बिना किसी मुवाअजे के उनका नाश्ता चट कर जाता और उनकी चीज़ों का उपयोग कर लेता तो भी दूसरे उसे बिना किसी अपवाद के मुक्त भाव से अपनी चीज़ें भेंट करते।

मैंने साफ तौर पर पाया कि सोकदे की मैंने जितनी ही जाँच की, समय-समय पर, सोकदे के प्रति अध्यापक के विश्वास करने के कारणों की उतनी ही पुष्टि हुई। सोकदे के अधीन हमारी कक्षा पूरे स्कूल के लिए आदर्श थी। लड़कों को मिठाइयाँ खाने या स्कूल के दूसरे सामान्य नियम तोड़ने से दूर रखने की दृष्टि से उसके मुक्के ड्यूटी पर तैनात अध्यापक के दिखावटी अनुशासनात्मक नियंत्रण से कहीं ज़्यादा असरदार थे। अपनी निगरानी में सफाई के काम के बारे में सोकदे ने पक्का किया कि हमारी कक्षा का कमरा पूरे स्कूल में सबसे अधिक साफ हो। और हमारी फूलों की क्यारी को उसने नयनाभिराम और चमकदार बनाया था। उसके निरीक्षण के अंतर्गत वृक्षारोपण परियोजना में हम पूरे स्कूल में सर्वश्रेष्ठ सिद्ध हुए थे। बलपूर्वक कार्य वितरण की उसकी व्यवस्था के फलस्वरूप किसी भी कक्षा की तुलना में हमारी कक्षा को अतिरिक्त लाभ मिलता। खासकर दीवारों पर कीमती 'फ्रेमों' की बाढ़ आई हुई थी। उसकी कप्तानी में हमारी टीम ने अन्य कक्षाओं के साथ हर प्रतियोगिता जीती। (इमारत बनाने वाले श्रमिकों की तरह) कार्यान्वित करने के लिए एक प्रौढ़ नीति 'मैं इतना अधिक करूँगा...' का अनुकरण

किया जिससे जब अध्यापकों ने व्यक्तिगत रूप से विद्यार्थियों को निर्देश दिया, उसकी तुलना में उसने अपनी परियोजनाएँ, जल्दी और बेहतर ढंग से संपन्न कीं। और चाहे यह कोई बड़ा सौदा नहीं था फिर भी पूरी कक्षा को अपने मुक्कों के बल नियंत्रित करके उसने निश्चित कर लिया था कि अन्य कक्षा के किसी भी लड़के से हमारी कक्षा का लड़का नहीं पिटे। हमारे अध्यापक के लिए भी यह अधिक अप्रसन्नता की बात नहीं थी।

इस सबके बावजूद, छल-कपट के इरादे से आई लड़ाई को मैंने पूरे आवेग के साथ ज़ारी रखा और आसार जितने ही आशाविहीन हुए उतना ही मैं कठोर विकृति से दग्ध हुआ। मैंने अपने कानों और आँखों को सोकदे की गलत करतूतों को खोद निकालने में झोंक दिया।

अपने प्रति सोकदे के आचरण को मैं अब भी नहीं समझता। यहाँ आए तीन महीने हुए और अनुमान है कि औरों ने उसकी करतूतों तक पहुँचने की मेरी कोशिशों के बारे में बता भी दिया होगा, लेकिन प्रारंभ से ही उसका आचरण कभी नहीं बदला। उसका विरोध करने के मेरे तरीके के प्रति उसने अब तक अपनी नापसंदी से लेकर अधैर्य का चिह्न तक नहीं दिखाया था। वह मुझसे मात्र 2-3 वर्ष बड़ा था लेकिन उसका व्यवहार बड़े जैसा नहीं था। यदि वह पहले कहे गए छल-कपट के इरादे से उछला आवेग न होता तो मेरा अनुमान है कि इस समय तक मैं उसके कदमों में सिर नवा चुका होता।

जो भी हो, इंतज़ार में फ़ायदा था। अंततः मेरा समय भी आया। वह जरूर जून की लगभग शुरुआत होगी क्योंकि सड़क के पुश्ते के साथ-साथ सफेद बबूल फल-फूल गया था। स्कूल में, यून ब्योंगजो धोबी के यहाँ से कुछ खास चीज़ लाया था और कक्षा में उसको लेकर लड़कों पर शेखी बघार रहा था। यह एक सोना चढ़ा सिगरेट जलाने वाला कीमती लाइटर था जिसे हम 'गोल लाइटर' पुकारते थे। कक्षा में एक हाथ से दूसरे हाथ तक पहुँचते हुए लाइटर ने हलका शोर किया। सोकदे ने, जो एक मिनट के लिए बाहर गया था, अंदर आते ही उसे देखा। वह पास आया, अपना हाथ बढ़ाया और कहा, ''हमें दिखाओ!''

लड़के जो तब तक प्रचंड हँसी हँस रहे थे और प्रशंसा के बोल बोल रहे थे, एकदम चुप हो गए। लाइटर सोकदे के हाथ में जा चुका था। सोकदे ने उसे कुछ देर जाँचा-परखा।

''किसका है यह,''—बिना किसी हाव-भाव के उसने ब्योंगजो से पूछा।

"मेरे पिता का।" ब्योंगजो ने जवाब दिया। उसकी आवाज रेंगती हुई फुसफुसाहट बन गई थी। सोकदे ने भी अपनी आवाज को थोड़ा नीचा कर लिया था।

"क्या तुमने इसे उनसे लिया है?" उसने पूछा।

"नहीं, इसे बस मैं स्कूल ले आया।"

"किसे मालूम है कि तुम इसे ले आए?"

"मेरे भाई के सिवाय किसी को भी नहीं।"

सोकदे के चेहरे के इर्द-गिर्द एक धुँधली सी मुस्कान लहराई। एक नए इरादे से उसने लाइटर की जाँच-परख ध्यान से शुरू की।

"वाह, यह प्यारा है," लाइटर को हाथ में पक्की तरह थामे और ब्योंगजो की ओर खास इरादे से देखते हुए अंततः सोकदे ने कहा।

मैं शुरू से ही सोकदे को ध्यान से देख रहा था। इस आवाज से मैं अचानक तनावग्रस्त था। सोकदे को देखते रहने के अनुभव के आधार पर मैं जानता था कि उसके कहने का लोग जो अर्थ अक्सर लगाते हैं उससे उसका अर्थ अलग था। सोकदे जब भी किसी दूसरे की चीज़ चाहता तो उसके 'वाह, यह प्यारा है' का मतलब होता कि वह उस चीज़ को लेना चाह रहा है। यह कहना उस चीज़ को उसके हाथों में सौंपने के लिए प्रायः पर्याप्त था। लेकिन कभी-कभी कोई लड़का सौंपने में थोड़ी देर लगाता तो वह कहता—"मुझे उधार दे दो!" निश्चित रूप से उसका मतलब होता, "लाओ, इसे दे दो।" कोई मना न कर पाता। चीज़ जरूर चली जाती। यही सच था कि सोकदे ने चीज़ें दूसरों से कभी 'ली' नहीं बल्कि उन्हें 'प्राप्त' किया था। किसी की सच्ची इच्छाओं के विपरीत, मूक धमकी या इरादे की अभिव्यक्ति की संकल्पना करने का कोई तरीका न होने पर मैंने इस प्रकार दिए गए 'दान पुंज' को आरोपविहीन पाया था। लेकिन आज तो मैंने देखा कि उसकी करनी में रत्ती भर भी छल नहीं था।

पूर्वानुमान के अनुसार ब्योंगजो का चेहरा रुआँसा हो गया था जिसका मतलब था कि वह सोकदे की बात नहीं मान सकता था।

"इसे वापस करो!" उसने दृढ़ता से कहा। "पिताजी के लौटने से पहले मुझे इसे इसके स्थान पर रखना है।"

"तुम्हारे पिता कहाँ गए हैं?" सोकदे ने ब्योंगजो के बढ़े हुए हाथ की उपेक्षा करते हुए शांत भाव से पूछा।

"सोल। वे कल लौटेंगे।"

"समझा..."। सोकदे ने अंतिम स्वर को खींचते हुए और लाइटर को दोबारा परखते हुए कहा। जरूर उसे कुछ हुआ होगा, उसने मेरी ओर टकटकी लगाई। यह आशा करते हुए कि उसने निर्णायक गलती की है, मैं उसे ध्यान से देख रहा था। लेकिन उसकी सहसा टकटकी से मैं ठिठक गया था। उसकी टकटकी मुझे उपद्रवी पुकारती प्रतीत हुई। इसी कारण में ठिठक गया था। जो भी था वह क्षण मात्र ही। बिना किसी सरोकार के उसने वह लाइटर ब्योंगजो को लौटा दिया।

"ऐसा नहीं है, वह तो...मैंने चाहा कि इसे उधार में प्राप्त करूँ।" उसने कहा। जब सोकदे ने इतनी आसानी से लाइटर समर्पित कर दिया तो मैं बहुत निराश हुआ। लाइटर को मलते और परखते हुए उसकी आँखें लाइटर पर अटकी हुई थीं और साफ झलक रहा था कि उसका लालच साधारण नहीं था। अपने को इतनी सहजता से नियंत्रित कर लेने और चीज़ से परे हट जाने की उसकी योग्यता ने मुझे फिर नए भय से भर दिया था।

तो भी, आखिर सोकदे की अपनी सीमाएँ भी थीं। उस दिन स्कूल से घर जाते हुए मैंने जाना कि ब्योंगजो सुबह की अपेक्षा काफ़ी अलग लग रहा था; वह काफ़ी घबराया हुआ था और जहाँ बच्चे गेट से शोर मचाते हुए निकले थे वह, बाकियों से कुछ कदम पीछे, मुँह लटकाए हुए निकला था। मैंने तुरंत समझ लिया था। मैं जानता था वह ऐसा क्यों था।

हम एक ही कस्बे में रहते थे और आसानी से साथ-साथ जा सकते थे, लेकिन मैंने उससे थोड़ी दूरी बना कर ही उसके पीछे चलने का निश्चय किया था। क्योंकि मैंने महसूस किया कि सोकदे की आँखें किसी गुप्त स्थान से ताक रही थीं। लेकिन जब मैंने देखा कि ब्योंगजो को भारी कदमों से चलते हुए अकेला छोड़कर दूसरे सब रास्ते से, कस्बे के अपने-अपने हिस्से की ओर की राहों पर चले गए हैं, मैंने अपने कदम जल्दी-जल्दी बढ़ाए। एक ही क्षण में मैं उसकी बगल में था।

"हे, यून ब्योंगजो?" मैंने पुकारा।

ब्योंगजो गहन विचारों में डूबा, बहुत धीरे-धीरे चल रहा था। अपने दिवास्वप्न से निकल उसने पीछे की ओर देखा।

"सोकदे ने तुम्हारा लाइटर ले लिया न?" मैंने उसे कोई भी मौका दिए बिना पूछा।

"उसने असल में लिया नहीं...मैंने उसे उधार दिया है।"

''इसका मतलब उसने ले लिया न? और क्या तुम्हारे पिताजी का कल लौटना तय नहीं है?''

''मैं अपने भाई को कुछ भी न कहने को कह दूँगा।''

''तुम्हारा मतलब है कि तुम अपने पिताजी का लाइटर चुराओगे और सोकदे को दे दोगे। तुम्हारे पिताजी को इतना अच्छा लाइटर खोकर बुरा नहीं लगेगा?''

अंधकार के एक नए स्तर पर पहुँचकर ब्योंगजो का चेहरा बिगड़ गया था।

''मैं भी घबराया हुआ हूँ। लाइटर, जापान में रह रहे मेरे 'अंकल' की ओर से पिताजी को भेंट है।''

अंततः ब्योंगजो ने स्वीकार किया कि उसने उसे हाथ से जाने दिया था। और बचकानी आह के साथ उसने जोड़ा,

''मैं क्या कर सकता हूँ। सोकदे इसे चाहता है।''

''तुमने उधार दिया है। है न? उधार दिए को तुम वापस ले सकते हो। क्या नहीं?'' मैंने व्यंग्यपूर्वक कहा। ब्योंगजो के अस्पष्ट समर्पण को मैंने बाधित किया था। लेकिन शैतान उसकी परेशानियों में इतना उतरा हुआ था कि वह मेरे व्यंग्य को नहीं समझ पाया। जो कुछ मैंने कहा था उसे उसने अभिधा में लिया था।

''वह नहीं लौटाएगा।''

''क्या ऐसा है? और तुम उसे उधार देना कहते हो? तुम्हारा मतलब है कि उसने ले लिया।''

चुप्पी।

''बेवकूफ मत बनो...अध्यापक से क्यों नहीं कहते? तुम्हारे पिताजी के द्वारा पकड़े जाने से तो यही बेहतर होगा। क्या नहीं?''

''मैं ऐसा नहीं कर सकता।''

ब्योंगजो की आवाज अचानक ऊँची हो गई थी। यह जताते हुए कि वह अपनी जगह पूरी तरह दृढ़ था उसने अपनी गर्दन दृढ़ता से हिलाई। एक बार फिर मैं लड़कों के मनोविज्ञान को सच में न समझ पाने की स्थिति में था। इस क्षेत्र में मैं उसके विरुद्ध निकला।

''क्या तुम इतना डरते हो सोकदे से?''

मैंने देखा कि यही एक अवसर था जब मैं किसी तरह, निश्चित रूप से निर्धारित कर सका कि उसके स्वाभिमान को मैंने चोरी-छिपे खरोंच दिया था।

चाहे इस अचानक हुए अपमान से उसकी आँखों में एक नीलिमा चमकी थी पर उसका उत्तर पूरी तरह दृढ़ था।

"तुम कुछ नहीं जानते। इसलिए तुम इस सबसे दूर ही रहो।"

तो भी, मामला पूरी तरह बिना लाभ का नहीं था। मेरे कहे के बाद ब्योंगजो चुपचाप चल पड़ा। उसके होंठ बड़ी सीपी के जैसे कड़ाई से बंद थे। मैं उसका पीछा करता रहा। उसे कुरदते हुए। बेशक, मैंने मनवाया कि लाइटर सोकदे ने लिया था न कि उसे उधार दिया गया था। सच में यह बड़ी बात थी क्योंकि मैं सोकदे के दुष्कर्म के प्रमाण खोजने में लगा था।

अगले दिन जैसे ही मैं स्कूल पहुँचा, अध्यापक-कक्ष में गया और अध्यापक को ढूँढ़ा। मैंने अध्यापक को यून ब्योंगजो का पूरा किस्सा बताया और इस स्कूल में आने से लेकर अब तक की वे सब समान बातें भी बताईं जिन्हें मैंने खुद घटते हुए देखा अथवा सुना था। बेशक, चाहे यह सोल की चतुराई का प्रदर्शन था तब भी अध्यापक की प्रतिक्रिया अप्रत्याशित थी—

"क्या है यह सब? क्या अपने कहे के प्रति पूरी तरह दृढ़ हो?"

अध्यापक के हावभाव से साफ था कि उन्होंने पूरी बात को दंगा-फसाद माना था। उससे खीजकर मैंने सोकदे की दूसरी बुरी करतूतें गिनवानी शुरू कीं—वे तमाम करतूतें जो अब तक अनुमान-भर थीं। अध्यापक ने मुझे सुनने के प्रति कोई रुचि नहीं दिखाई। और मुझसे छुटकारा पाते हुए उनकी आवाज में झुँझलाहट दिखी—

"ठीक है, ठीक है।" उन्होंने कहा। "जाओ, इसके बारे में एक मिनट में देखूँगा।"

मुझे लगा कि मैं अध्यापक पर विश्वास नहीं कर सकता था। उसी समय मैंने कक्षा में एक खास पूर्वाभास के अनुसार होने की प्रतीक्षा की क्योंकि उन्होंने मामले की जाँच-पड़ताल करने के लिए कहा था। जो भी हो, सुबह की सभा से ज़रा ही पहले, अध्ययन से अवकाश के पीरियड में ऐसा घटा कि सबकुछ बदल गया। एक संदेशवाहक लड़का पिछले दरवाजे पर आया, सोकदे को इशारा किया और उसके पास कुछ फुसफुसाया। वह लड़का दो साल पहले स्कूल समाप्त कर जा चुका था और अब संदेशवाहक के रूप में काम करता था। जैसे ही मैंने उसे देखा मुझे बेचैनी होने लगी। मैंने याद किया कि जब मैं अध्यापक को सोकदे की बुरी करतूतें गिना रहा था तब वह थोड़ी दूरी पर प्रतिलिपियाँ करने वाली मशीन पर प्रतिलिपियाँ कर रहा था।

जैसे आपने अपेक्षा की होगी, सोकदे अपने स्थान पर लौट आया। कुछ देर सोचा। जेब से लाइटर निकाला और यून ब्योंगजो के पास गया।

''तुम्हारे पिताजी आज आ रहे हैं, ठीक है न? इसे उन्हें दे देना, ठीक है।'' उसने ब्योंगजो को लाइटर थमाते हुए कहा और उसके बाद ऊँची आवाज में जोड़ा, ''मैंने इसे कुछ देर के लिए ही लिया था—कहीं तुम आग न लगा दो। बच्चों को ऐसी चीज़ों से नहीं खेलना चाहिए।''

उसने काफी ऊँची आवाज में कहा था ताकि पूरी कक्षा सुन ले। शुरू में ब्योंगजो को कुछ समझ में नहीं आया, लेकिन जल्दी ही उसका चेहरा चमक उठा।

पाँच मिनट से भी कम में अध्यापक कक्षा में आ गए। उनका चेहरा हर रोज से हटकर घृणा के भाव से भरा था।

''ओम सोकदे!'' अध्यापक ने कक्षा में बने चबूतरे पर पहुँचते ही पुकारा।

सोकदे ने जवाब दिया और बहुत ही शांत भाव से उठा। अध्यापक ने अपना हाथ उसकी ओर लंबा किया।

''लाइटर इधर लाओ।'' उन्होंने कहा।

''जी क्या?''

''यून ब्योंगजो के पिता का लाइटर।''

चेहरे के भाव को जरा भी बदले बिना सोकदे ने जवाब दिया, ''इसे तो मैं पहले ही ब्योंगजो को दे चुका हूँ। कहीं वह खेल-खेल में आग ही न लगा बैठे, मैंने तो इसीलिए लिया था।''

''तुमने क्या कहा था?'' गुस्से से देखते हुए अध्यापक ने मुझसे कहा। लेकिन सूचना की पुष्टि के लिए उन्होंने यून ब्योंगजो को पुकारा।

''क्या ओम सोकदे सच बोल रहा है? लाइटर कहाँ है?''

''जी, यह मेरे पास है।'' ब्योंगजो ने जल्दी से उत्तर दिया।

मैं पूरी तरह अवाक था। नहीं जानते हुए कि हालात के अचानक उलट जाने का स्पष्टीकरण कहाँ से शुरू करूँ, मैं बेवकूफ की तरह खड़ा था। मैंने अध्यापक को अपना नाम पुकारते सुना।

''क्या हो रहा है यह सब?'' उन्होंने पूछा। वे असल में प्रश्न नहीं पूछ रहे थे बल्कि मुझे गलत बता रहे थे। मैं अपने पैरों पर उचका और चिल्लाया, ''उसने आज सुबह इसे लौटाया है...कुछ ही देर पहले।''

मेरी आवाज काँप गई थी क्योंकि मैंने देखा कि अध्यापक को मुझ पर विश्वास नहीं था।

"अपनी जबान को लगाम दो। बेकार का बतंगड़...," अध्यापक ने मुझे बीच में रोककर कहा। मुझे बताने का मौका ही नहीं मिला कि संदेशवाहक लड़के ने सोकदे को सचेत कर दिया था। पर सच तो यह था कि संदेशवाहक के द्वारा सोकदे को सचेत करने का कोई प्रमाण तो था नहीं।

अध्यापक ने एक बार फिर मुझे उपेक्षित किया। वे कक्षा की ओर मुखातिब हुए।

"क्या यह सच है कि सोकदे तुम्हें तंग करता है?" उन्होंने पूछा। "क्या तुममें से कोई तंग करने की वैसी करतूत बताएगा?"

अब क्योंकि मसला उभर आया था, अध्यापक की आवाज का सुर कह रहा था कि हमें बात साफ कर लेनी चहिए थी। बच्चों के चेहरे तत्काल अजीब हो गए थे। यह देख, अध्यापक ने सच्चे सरोकार का ढोंग करते हुए कोमलता से पूछा,

"जो भी कहना चाहते हो, कह सकते हो। तुम्हें ओम सोकदे से डरने की जरूरत नहीं है। बोलो, कहाँ क्या लिया गया, किसे बिना किसी गलती के चोट पहुँचाई गई...मुझे बताओ...कोई भी?"

न किसी ने हाथ उठाया न कोई खड़ा हुआ। हिला तक नहीं कोई। लड़कों में राहत की अनूठी भावना को समझकर अध्यापक कुछ देर उनकी ओर देखता रहा।

"कोई भी नहीं है?" उन्होंने फिर एक बार पूछा। "जैसा मुझे समझाया गया था उसके अनुसार तो कई होने चाहिए थे।"

"कोई नहीं।" बीच में सोकदे को घेरे हुए लगभग आधी कक्षा ने चिल्लाकर जवाब दिया। अध्यापक का चेहरा पूरी तरह चमक उठा। आश्वस्त सा होकर उन्होंने प्रश्न दोहराया।

"निश्चित रूप से? क्या सचमुच ऐसा कुछ नहीं हुआ?"

"नहीं, कुछ भी नहीं।"

इस बार अपवादस्वरूप मुझे और सोकदे को छोड़कर सब बच्चे अपनी उच्चतम आवाज में चिल्लाए।

"तब ठीक है। अब हम सुबह की सभा शुरू कर सकते हैं।"

मानो परिणाम पहले ही पता हो, इस प्रकार मामले का निपटारा करके अध्यापक ने उपस्थिति का रजिस्टर खोला। जितनी खुशकिस्मती से उन्होंने मुझे औरों के सामने नहीं बुलाया उतना ही वे सोकदे और कक्षा पर विश्वास कर संतुष्ट थे और जैसा था उसे वैसा चलने दिया।

अंततः कक्षा शुरू हुई लेकिन परिस्थितियों के अचानक उलटने से बेवकूफ बना मैं, अध्यापक क्या कह रहे थे, कुछ नहीं सुन सका। बस मेरे ध्यान में तो सोकदे की आवाज बज रही थी, मेरे सिर में गूँजती हुई। रक्षण करती हुई और अध्यापक के सभी प्रश्नों का उत्तर देती हुई। एक अभूतपूर्व विजय को जताती हुई। पहली कक्षा खत्म हुई तो अंततः अध्यापक की आवाज मेरे भीतर दर्ज हुई।

"हन ब्योंगथे, एक मिनट में मैं तुम्हें अध्यापक-कक्ष में देखना चाहूँगा।" अध्यापक ने कहा और बाहर चले गए। अपने को शांत दिखाने की कोशिश करते हुए। लेकिन उन्हें पीछे से देखते हुए मैंने देख लिया था कि वे गुस्से में थे। मैं अपनी जगह से यंत्रवत उठा और उनके पीछे हो लिया।

"रक्तपिपासु, सेकी (जानवर के बच्चे के रूप में कोरियाई अपमानजनक शब्द), गप्पबाज।" विद्वेष भाव से युक्त ऐसे शब्द मेरे कानों के परदों में ठुँस गए।

अपने क्रोध को शांत करने के लिए अध्यापक अपनी सिगरेट के कश लगातार खींच रहे थे।

"बड़ों के सामने दोस्तों का भंडाफोड़ करना अनुचित है। साथ ही तुमने झूठ बोला।" मेरे अंदर घुसते ही मुझे फटकारते हुए उन्होंने कहा। शायद उन्होंने विस्मय के कारण उपजे मेरे मौन को अपराध की स्वीकृति मान लिया था, क्योंकि उन्होंने आगे जोड़ा था, "सोल से आने और अच्छा विद्यार्थी होने के कारण मुझे तुमसे बहुत आशाएँ थीं, लेकिन मुझे कहना होगा कि मैं बहुत निराश हुआ हूँ। यह कक्षा दो साल से मेरे पास है। ऐसा पहले कभी नहीं हुआ। मुझे डर है कि दूसरे विद्यार्थी तुम्हारे जैसे ही न बन जाएँ।"

कक्षा छोड़ते समय जब मैंने वे विद्वेषपूर्ण उपहास के शब्द सुने तो मैं काफी क्रोध में था। इसलिए अब अध्यापक के निर्णायक फैसले से मैं लगभग चीत्कार कर उठा। तो भी, संकट की तत्काल समझ ने मुझे भ्रमित भावनाओं से बचा लिया। यदि इस पूरे मामले को किसी भी प्रकार सुलझा नहीं सका तो वह सच में मरण होगा। ऐसे अवसाद में डूबे-डूबे मैंने खुद को बाहर खींचने की प्रबल कोशिश की।

"मैंने जो कुछ भी आप से कहा था वह संदेशवाहक लड़के ने सोकदे को बता दिया था। जब सोकदे ने आपके प्रवेश करने से ज़रा पहले सुना..."

मैं जो कक्षा में कहने में असमर्थ रहा उसे कहने के लिए शब्द टटोल रहा था।

''बाकी सब के बारे में क्या कहोगे ? क्या 60 विद्यार्थी सहमत नहीं थे कि वैसा कुछ भी नहीं हुआ था ?''

अब भी अपनी बात पर अडिग रहते हुए अध्यापक ने मुझे डाँट दिया था। लेकिन तब तक, जैसा मैंने बताया, मैं उत्तेजित था।

''दूसरे विद्यार्थी ओम सोकदे से डरते हैं।''

''बिलकुल यही कारण था कि मैंने क्यों विद्यर्थियों से दो या तीन बार पूछा था।''

''लेकिन वह ओम सोकदे की उपस्थिति में पूछा गया था।''

''क्या तुम कहना चाहते हो कि वे मुझसे ज़्यादा सोकदे से डरते हैं ?''

मेरे दिमाग में एक अच्छा विचार कौंधा।

''उन्हें सोकदे की अनुपस्थिति में एक-एक कर बुलाइए, फिर पूछिए, या उन्हें बिना हस्ताक्षर के गुप्त रूप से लिखने को कहिए। मुझे पक्का विश्वास है कि सोकदे की तमाम बुरी करतूतें छलक आएँगी।'' मैं दृढ़ विश्वास से इतना भरा हुआ था कि मैंने चीखकर उत्तर दिया था। यह सोचकर कि कुछ अजीब घट रहा है, अन्य अध्यापकों ने हमें कनखियों से देखा।

मेरे दृढ़ विश्वास का आधार यह था कि जब मैं सोल में था तो मैंने अध्यापकों को, समय-समय पर, असुलझी समस्याओं को सुलझाने के लिए यही तरीका प्रयोग में लाते हुए देखा था। उदाहरण के लिए जब हमें पता नहीं चलता कि चीज़ कब या कहाँ खो गई तो उसे ढूँढ़ने के लिए वे इसी तरकीब को उपयोग में लाते।

''अब क्या तुम सभी 60 विद्यार्थियों को मुखबिरों में बदलना चाहते हो।'' एक अन्य अध्यापक की ओर मुड़ते हुए, ठंडी साँस खींचकर अध्यापक ने कहा। जैसे पूरा मामला उनकी पकड़ के बाहर हो। हमारी बगल के एक अध्यापक ने मुझे घूरा और रटी-रटाई बात कही।

''सोल के अध्यापकों ने, स्पष्ट है कि वह सब किया जो बच्चों के साथ नहीं किया जाना चाहिए।''

मैं जीवन-भर नहीं समझ सका कि जो तरीका मैंने प्रस्तावित किया था उसकी ऐसी व्याख्या कैसे की जा सकती थी। वे सब सोकदे के पक्ष में थे। जो कुछ मैंने कहा था उसका इतना भ्रष्ट अर्थ निकाला गया था। बता नहीं सकता कि मैं कितने दुःख और गुस्से में था। सहसा मुझे घुटन का भयावह एहसास हुआ। बेकाबू होकर आँसू निकलने शुरू हो गए।

आँसुओं का आशातीत असर हुआ। ऐसा असर जिसका मुझे कतई अनुमान नहीं था। जैसे ही मैं सिसकते हुए और आँसुओं की नदी बहाते हुए खड़ा हुआ, अध्यापक ने मुझे आश्चर्य के साथ देखा। थोड़े अंतराल के बाद, उन्होंने अपनी सिगरेट डेस्क के कोने पर बुझा दी और मंद-मंद बोले, "ठीक है हन ब्योंगथे, हम एक बार तुम्हारे तरीके से भी कोशिश करेंगे। अब जाओ!" लगा कि अंततः उन्होंने समस्याओं पर गंभीरता से विचार किया था।

चाहते हुए कि दूसरों के सामने बुरा न लगूँ, मैंने अपने आँसुओं के निशान धो दिए थे। जब मैं कक्षा में लौटा तो वातावरण अजीब था। वह विश्राम (अल्प विराम) का पीरियड था और बच्चों को कूद-फाँद करनी चाहिए थी। पर इसके विपरीत कक्षा इतनी शांत थी मानो वे विशेष प्रदर्शन का पाठ पढ़ रहे हों। सब कुछ को अजीब सोचते हुए मैंने अध्यापक के चबूतरे की ओर देखा जहाँ तमाम आँखें लगी हुई थीं। ओम सोकदे वहाँ खड़ा था। मुझे नहीं मालूम कि वह क्या कर रहा था लेकिन जब मैं कक्षा के भीतर पहुँचा तो उसने बच्चों की ओर देखा तथा ऊँचे, हवा में अपना मुक्का घुमाया। समझ गए तुम, नहीं? वह ऐसा कुछ कहते हुए प्रतीत हुआ।

अगले पीरियड के लिए अध्यापक परीक्षा के कागजों का पुलिंदा लिये सरसराते हुए आए। मानो वे पीरियड को टालने का निर्णय ले चुके थे। ओम सोकदे चिल्लाया, "ध्यान दो, नमस्ते करो!" इसके तुरंत बाद अध्यापक ने सोकदे को पुकारा।

"मॉनीटर," उन्होंने कहा, "अध्यापक-कक्ष में जाओ! मेरी मेज पर तुम्हें कक्षा के बचाव-कार्यक्रम का चार्ट मिलेगा जिस पर मैं काम कर रहा था। उसे मेरी ओर से पूरा कर दो। बस तुम्हें पंक्तियों में लाल चिह्न भर लगाने हैं। शेष मैं कर चुका हूँ।"

जब सोकदे बाहर चला गया तो अध्यापक ने पहले के पीरियड से बहुत अलग आवाज के सुर में कहा—

"इस पीरियड में हमें ओम सोकदे की समस्या को निपटाना है। पिछले पीरियड में जिस तरीके से मैंने प्रश्न किए थे उसमें कुछ कमी रह गई है। मैं फिर पूछता हूँ, क्या तुम्हारे और सोकदे के बीच कोई समस्या नहीं है? इस बार न तुम्हें हाथ उठाने की जरूरत है और न ही खड़े होने या ऊँची आवाज में बताने की। अपने हस्ताक्षर भी नहीं करने। बस, जो कुछ भी उसने तुम्हारे साथ किया है उसे बिना अपना नाम लिखे, परीक्षा-कागज पर लिख दो। मैं समझता हूँ कि

तुममें से बहुतों को अकारण पीटा गया है और बहुतों की स्कूल की वस्तुएँ और पैसे लिये गए हैं। ऐसी कोई भी बात चाहे कितनी भी छोटी क्यों न हो, बस लिख भर दो। यह किसी के पीठ पीछे की जाने वाली बात या बड़बड़ नहीं है। हम इसे तुम्हारे और तुम्हारी कक्षा के हित के लिए कर रहे हैं। इसलिए औरों की प्रतिक्रिया पर ध्यान देने की जरूरत नहीं है। मामले पर तुम्हें किसी और से चर्चा या उसमें हस्तक्षेप नहीं करना है। जो भी होगा उसकी जिम्मेदारी मेरी है, मैं तुम्हारी रक्षा करूँगा।''

उन्होंने हर बच्चे को एक खाली कागज दे दिया।

अध्यापक के प्रति मुझे जो निराशा और अवरोध की भावना हुई थी वह बर्फ की तरह पिघल गई थी। मैंने सोचा कि सोकदे अब मेरी पकड़ में आ गया। और मैंने उसकी वे सब बुरी करतूतें लिख दी थीं जो मैं जानता था।

तो भी, हमेशा की तरह लड़के अनुमान के परे थे। थोड़ी देर लिखने के बाद जब मैंने इधर-उधर देखा तो पाया कि मैं अकेला ही था जो लिखने में व्यस्त था। शेष सब एक दूसरे से महज नज़रें चुरा रहे थे। उनके हाथों में पेंसिल तक नहीं थी।

जल्दी ही, अध्यापक ने भी भाँप लिया लगता था कि वहाँ क्या हो रहा था। क्षणिक विचार के बाद उन्होंने उन्हें बाँधने वाली अंतिम लगाम से भी मुक्त कर दिया था। उनमें घुले-मिले सोकदे के अदृश्य जासूसों ने उन्हें कमजोर बना दिया था। मैंने देखा कि अध्यापक ठीक थे।

''मैंने एक और गलती कर दी लगती है। मैं सोकदे की निजी गलतियाँ मात्र नहीं जानना चाहता अपितु कक्षा में खड़ी की गई सारी समस्याओं को जानना चाहता हूँ। इसलिए सिर्फ ओम सोकदे के बारे में नहीं बल्कि जिसने भी जो गलती की है, उसे कागज पर लिख दो। अगर कोई जान-बूझकर सहपाठी की गलती उजागर नहीं करता तो उसे गलती करने वाले से भी अधिक बुरा माना जाएगा।''

जब अध्यापक ऐसा कुछ कह चुके तो कुछ लड़कों ने पेंसिलें उठा लीं। यह देख मुझे कुछ राहत मिली। अब सोकदे की आज तक छिपी सब हरकतें बाहर आ जाएँगी। इस धारणा के साथ मैंने सोकदे के पापों से उत्तर पुस्तिका को भर दिया था। सिद्ध मानते हुए भी उन्हें अटकलबाजी समझते हुए कहने से मैं अब तक झिझकता रहा था।

अंततः आखिरी कक्षा की समाप्ति स्वरूप घंटी बजी। अध्यापक ने दिए हुए कागजों को एकत्रित कर लिया और बिना एक भी शब्द कहे कक्षा के बाहर

चले गए। जाते हुए उन्होंने किसी की ओर भी नहीं देखा, मानो उनके पास कहने के लिए कोई पूर्वकल्पित विचार नहीं था।

पूर्व अनुमान की भावना के अनुरूप मैंने परिणाम की प्रतीक्षा की। बिना इस ओर ध्यान दिए कि मेरे कक्षा के बाहर आने के बाद सोकदे ने लड़कों के साथ क्या किया होगा। मेरा पक्का विश्वास था कि इस बार बिना नागा सोकदे के सारे पाप प्रकाश में आ जाएँगे।

अगली कक्षा में अध्यापक लगभग 10 मिनट देर से आए थे। उन्हें शायद हमारे सारे अभियोग पढ़ने थे। जो भी हो, मेरी आशाओं के विपरीत, उन्होंने पढ़े हुए के बारे में एक भी शब्द कहे बिना, सीधे, कक्षा का काम शुरू कर दिया था।

अगला पीरियड भी ऐसे ही हुआ, और उससे अगला भी। अध्यापक कक्षा का काम ही करते रहे। जैसे कुछ हुआ ही न हो। कक्षा के बीच, समय-समय पर उनकी आँखें मेरी आँखों से मिलती रहीं। लेकिन उन्होंने ऐसे या वैसे एक भी खास संकेत नहीं दिया। आखिरी सभा के बाद ही उन्होंने मुझे बुलाया।

अब तक मैं दो घंटों की तर्कहीन उत्सुकता के चंगुल में रह चुका था। जब सोकदे ने दूसरों से उसकी अनुपस्थिति में घटी घटना के बारे में पहले पहल सुना तो उसका चेहरा साफ तौर पर स्याह पड़ गया था।

तीसरे और चौथे पीरियड में भी वह बहुत निराश था। दोपहर के भोजन के बाद वह अचानक बदल गया। मुझे बार-बार तरस के लायक दिखाने वाली निगाह से देखते हुए एक बार फिर वह पहले के अक्खड़, अभिमानयुक्त व्यवहार पर लौट आया था। यही बात थी जिसके कारण मैं तर्कहीन चिंता से तड़पना शुरू हो गया था।

"पहले इसे देखो," अध्यापक-कक्ष में बेमन से मेरे प्रवेश करते ही अभियोग-पत्रों का पुलिंदा मुझे थमाते हुए अध्यापक ने कहा। मैंने काँपते हुए हाथों से अभियोग-पत्र देखा था। बावजूद अध्यापक की लगातार हिदायतों के आधे कोरे थे। असली अचम्भा तो बाकी के आधों पर लिखी सामग्री से हुआ।

ठीक-ठीक आँकड़ा दूँ तो 32 में से 15 ने मेरी बुरी करतूतें उजागर की हुई थीं, मसलन स्कूल आते-जाते रास्ते से मिठाई खरीदना, कॉमिक की दुकान पर कॉमिक्स (हास्य-कहानियाँ) पढ़ना, स्कूल छोड़ने के लिए मुख्य द्वार का इस्तेमाल न करना बल्कि पीछे की काँटेदार तारों की बाड़ के छेद से निकलना, किसी के खीरे की क्यारी में लगाए बाँस को ठोकर मारना, पुल के नीचे बँधे घोड़े के पुट्ठे से बाल खींचना आदि ऐसे तमाम नगण्य अपराध जो एक लड़का कर सकता है

वहाँ मेरी याद को भी मात करते हुए सूचीबद्ध थे। एक के बाद एक मुझ पर यह दाग दिया गया था कि मैंने जो कुछ भी अध्यापक को कहा था वह मेरा कमीनापन था और मेरे सोल के अध्यापक से भी अधिक मंद बुद्धि का था। और उसके बाद यूनहे (yunhei) के साथ खेलने को लेकर लज्जित करनेवाली रपट थी। उसके साथ मैं कितनी ही बार खेल चुका था। वह छठे दरजे की थी जो अगले ही घर में रहती थी।

मेरे बाद किम योंगी (Kim Yonggi) नाम का लड़का था जो हँसी-मजाक समझने में थोड़ा मंद था। उस पर पाँच या छह आरोपित अपराध दोष की बजाय हँसी-मजाक अधिक थे। उसके बाद तीन या चार आरोप लगाने वाला अनाथालय का ली हुइदो (Lee Huido) और दो या तीन लगाने वाला कोई एक था। सबसे अधिक चौंकाने वाली वस्तु ओम सोकदे था। केवल मेरा कागज था जिस पर उसकी बुरी करतूतें दर्ज थीं।

पढ़ाई के बाद मुझे खीज या गुस्से से ज़्यादा एहसास हुआ; बल्कि लगा कि मैं बिना तले के गड्ढे में गिर गया हूँ अथवा अवरुद्ध करती हुई एक ऊँची दीवार ठीक मेरी नाक के सामने खड़ी हो और मैं अचम्भे तथा लाचारी के साथ खो गया हूँ। अध्यापक की धीमी आवाज ने मेरे कानों के चारों ओर घेरा बना लिया था; मानो दूर के आकाश से शब्द झड़ रहे हों।

''मैं सोचता हूँ, समझता हूँ...कि तुम हर चीज़ से असंतुष्ट हो। यहाँ, पूरी तरह अलग है...सोल में काम करने के तरीके से। खासकर मॉनीटर के रूप में ओम सोकदे के तरीके को तुम खराब कह सकते हो...और रूखा भी। लेकिन यहाँ तो यही तरीका है। बहुत से स्कूल हैं जिनमें विद्यार्थी-समितियाँ हैं, जहाँ हर बात का निपटारा बातचीत और मत (वोट) से होता है...जहाँ मॉनीटर केवल संदेश प्रदान करने वाला लड़का होता है। सोचता हूँ कि सोल में जहाँ सब बच्चे होनहार होते हैं, कक्षा-संचालन का कदाचित यही तरीका हो। लेकिन क्योंकि यह वहाँ उचित है इसका यह अर्थ तो नहीं कि यह सब जगहों के लिए उचित है। यहाँ हमारा अपना तरीका है और इसे अपनाना तुम पर निर्भर करता है। तुम्हें यह सोच छोड़नी होगी कि सोल का तरीका बिना किसी शर्त के अच्छा है और हमारा बिना किसी शर्त के बुरा। तुम अपने ठीक होने पर ज़ोर दोगे भी तो भी...कम से कम तुम्हें अपना मार्ग बदलना होगा। कक्षा में अपने से न जुड़ने वाले हर किसी से तुम नहीं लड़ सकते, और न ही पानी में तेल की तरह तुम अपने ही इर्द-गिर्द घूमते रह सकते हो। तुमने आज देखा न, क्या नहीं देखा? साठ में से एक भी

विद्यार्थी तुम्हारे पक्ष में नहीं था। तुम अगर सोकदे को मॉनीटर के पद से हटाना चाहते हो...कक्षा को सोल की सी कक्षा बनाना चाहते हो..तो सबसे पहले अपने सहपाठियों को अपने पक्ष में करो। हो सकता है कि तुम कहो तुम ऐसा नहीं कर सकते क्योंकि वे सब सोकदे के शिकंजे में हैं, लेकिन मेरे पास दौड़कर आने से पहले तुम्हें बच्चों को अपनी ओर कर लेना चाहिए था। तुम कह सकते हो वह सम्भव नहीं था इसीलिए तुम मेरे पास आए और तुम सोच सकते हो कि बच्चे क्योंकि मूर्ख हैं इसलिए अध्यापक होने के नाते इसे अंजाम देना मेरा काम था, लेकिन तुम गलत थे। अगर तुम सही भी हो तो भी सारी कक्षा के सोकदे को मिले समर्थन के कारण मेरे पास उसकी हिमायत लेने के सिवाय और कोई विकल्प नहीं है। और अगर तुम पूरी तरह निश्चयी हो कि सोकदे की डाँट-डपट और छल-कपट की बुनियाद पर बच्चों का समर्थन झूठा है...तब भी मेरी स्थिति यही है। मुझे बच्चों के द्वारा सोकदे को दी हुई ताकत का सम्मान करना पड़ेगा। अब तक हमारी कक्षा ने ठोस एकता का प्रदर्शन किया है...तुम उसे धुँधली शंकाओं से ध्वस्त नहीं कर सकते। और यह भी कि...ऐसे या वैसे सोकदे अपने दर्जे का सर्वश्रेष्ठ विद्यार्थी है...सच्चे नेतृत्व की योग्यता से सम्पन्न है...एक आदर्श मॉनीटर है। उसकी ओर पूर्वाग्रही आँखों से अंधा होकर मत देखो। तुम्हें उसके शक्तिशाली आयामों को भी पहचानने के योग्य होना होगा। और इस सबके ऊपर तुम्हें लड़कों के पास लौटना चाहिए...उनके साथ एक नई शुरुआत करो। अगर तुम सोकदे से स्पर्धा करना चाहते हो तो साफ-सुथरे ढंग से करो। समझे?''

ऐसा लगा मानो अध्यापक किसी भी क्षण अपनी बात खत्म कर देंगे, लेकिन वे बात करते रहे। अगर उन्होंने मुझे ऊँची आवाज में फटकारा होता, तो सोचता हूँ, मैं खड़ा हो जाता और अपनी बात पर अड़ता। अगर उन्होंने अपने चेहरे पर गुस्सा झलकाया होता या मुझे नापसंद करने का थोड़ा भी संकेत दिया होता तो जहाँ तक मुझे याद है, नहीं सोचता कि मैं चुपचाप बैठे सुन लेता। अपने एहसासों का दमन करती लगती उनकी आवाज और उनकी आँखें इतनी चिंतित थीं कि उन्होंने मुझसे प्रतिरोध करने की ताकत हर ली थी। ठंडे और भावहीन अध्यापक के विचित्र तर्कों से टकराकर मैं पूरी तरह भौचक्क था और अंततः जब वहाँ से बाहर आ गया तो मेरे दिमाग और शरीर धुले-निचुड़े कपड़ों की तरह लग रहे थे।

यदि लड़ाई को शुद्ध रूप से आक्रमण या रक्षा करने की इच्छा के रूप में मान लिया जाए तो उस दिन सोकदे के साथ मेरी वह लड़ाई खत्म हो गई थी।

लेकिन लड़ाई का रूप यदि समर्पण से इंकार और समझौते की अनिच्छा लगाया जाए तो मेरी अकेली, कठिन लड़ाई दो महीने और चली। बड़ों की भाषा में कहूँ तो, बेवकूफ और भयभीत भीड़ के द्वारा कुचले हुए गाम्भीर्य ने एक दृढ़ हन (Han कोरियाई में कारुणिक पीड़ा के भाव के लिए) अथवा एक कड़ुवाहट की तरह काम किया जिसने मुझे बाहर निकलने में मदद की।

चाहे प्रत्यक्ष रूप से मेरी सारी योजनाएँ अवरुद्ध हो गई थीं लेकिन उस दिन से चतुर सोकदे लड़ाई में मेरे खिलाफ कभी सामने नहीं दिखाई दिया। तो भी आगामी आक्रमण पहले की अपेक्षा कई गुना ज्यादा केंद्रित और ज़ोरदार था और स्कूली जीवन बहुत बार अधिक दर्दनाक और कठिन हुआ था।

बाद में, बिना किसी समय या अवसर के, मेरी राह में आई मुक्के की लड़ाइयाँ सबसे अधिक दर्दनाक थीं। हर कक्षा में पढ़ाई की तरह लड़ाई का भी स्थान-क्रम था। मेरी ताकत और अध्यवसाय मुझे 13वाँ या 14वाँ स्थान दिलाने के लिए काफी थे। सहसा मेरे स्थान की उपेक्षा होने लगी। पहले जो बच्चे पहचान चुके थे कि मैं उन्हें पराजित कर चुका हूँ, उन्होंने भी मुझसे लड़ना शुरू कर दिया था। कहना न होगा कि मुझे अपनी पूरी ताकत इस प्रकार की चुनौतियों से जूझने के लिए जुटानी पड़ी थी। लेकिन मेरा स्थान दिन पर दिन गिरता गया। ताकत और अध्यवसाय की दृष्टि से मैं विरोधियों को आसानी से हरा सकता था लेकिन असल लड़ाई में मैंने कुचली हुई लड़ाई का दुःख भोगना शुरू कर दिया था।

जो लड़के पहले हार को स्वीकार करते हुए रोते या भाग जाते थे वे अब अंत तक वहीं खड़े रहते थे। कोई भी विश्वास हो, वह उन्हें कायम रखता था। और मेरे प्रतिद्वंद्वी का समर्थन करते हुए जो भीड़ गुटबंदी किए इर्द-गिर्द खड़ी होती, मेरी ताकत को भीतर से कमज़ोर करती। और जब हम मैदान पर उलझे हुए लुढ़क रहे होते तो अक्सर किसी अनजाने हाथ की मदद से मैं खुद को हाथ-पैर फैलाए जमीन पर पड़ा पाता। कुछ मामूली लड़कों को छोड़ दें तो लाइटर वाले मामले के महीने भीतर, मैं कक्षा में लड़ाई के लिहाज से लगभग अंत में था।

अगली अत्यधिक दर्दनाक बात थी दोस्तों की समस्या। स्थानांतरित होकर आए एक सत्र बीत चुका था लेकिन मैं एक भी दोस्त नहीं बना सका था। लाइटर-मामले से पहले, यदि मैं निकट आने के विशेष प्रयत्न करता तो कुछ लड़के मुझे खेलने देते थे, सोचता हूँ कि उनमें से पाँच या छह कभी न कभी मेरे

साथ घर भी गए थे। लाइटर-मामले के बाद, मेरे किसी भी सहपाठी को मुझसे कोई लेना-देना नहीं था, स्कूल में ही नहीं बल्कि स्थानीय पड़ोस में भी नहीं। पहला ठंडा व्यवहार इस अकेलेपन की तुलना में फीका पड़ गया था।

तब बच्चों के क्रीड़ास्थल आजकल की तरह सुसज्जित नहीं थे और बच्चों को अकेलापन सह सकने योग्य बनाने वाले टी.वी या इलेक्ट्रोनिक खेल, कुछ पढ़ने योग्य या उपयुक्त खिलौने भी आम बात नहीं थी। वैसे समय में मित्र न होना एक बड़ी सजा थी। आज भी स्कूल में दोपहर के भोजन के बाद या कक्षा के पहले या बाद के खेल के समय के बारे में सोचना दिल में कँपकँपी छुड़ा देता है। खेलों में भाग न ले पाने पर मैं बस यही कर सकता था कि कक्षा की खिड़की के पास खड़ा हो जाता अथवा खेल के मैदान के छायावाले कोने में खड़ा उदास मन के साथ दूर से टीमों को खेलते देख लेता। कितना अद्‌भुत प्रतीत होता था नवजात के सिर की-सी एक रबड़ की गेंद से फुटबाल का खेल! और इसके अलावा एक किस्म का बिना बल्ले वाला नरम गेंद का खेल था। और प्रसन्नता के साथ चिल्लाने वाला 8 के आकार का खेल! वे हँसे मानो उनके दाँत छलक आएँगे। वे बच्चे कितने खुश नजर आते थे!

घर की कहूँ तो चीज़ें कुछ भी बेहतर नहीं थीं। मेरे पड़ोस में चुनने के लिए अवसर बहुत सीमित थे। दूसरी कक्षाओं के लड़कों के साथ जुड़ने पर, जो मुझसे विदेशियों की सी दूरी रखते नज़र आते थे, मुझे ठंडा ही व्यवहार मिल सकता था। अपने से बड़े बच्चों के साथ मैं खुद को नीचा करके जोड़ सकता था या अपने से छोटों की भीड़ जुटाकर मैं मुखिया की भूमिका में खेल सकता था। मेरे पास यही एक विकल्प था जिसे मैं चुन सकता था। मेरे पास बस एक ही रास्ता बचा था कि मैं कॉमिक्स की पुस्तकों की दुकान पर खुद को कॉमिक की पुस्तकों से भरे पिछले कमरे में दफ़न कर लूँ, अथवा अपने से चार साल छोटे भाई के साथ लड़ाई करके अपनी माँ के फेफड़े फाड़कर बाहर निकाल दूँ।

मुझे याद है कि एक बार हमारी पास की कक्षा में आया सोकदे से ताकतवर और बड़ा एक स्थानांतरित-विद्यार्थी, स्कूल के बाद, स्कूल के पास के चीड़ उपवन में, सोकदे के साथ भिड़ गया था। पूरी कक्षा सोकदे की हिमायत के लिए पहुँच गई। सोचता हूँ, कक्षा के एक सदस्य के नाते, सोकदे के समर्थन में मैं भी उनके साथ पहुँच गया था। बस उस दिन बच्चों ने मुझे न देखने का बहाना बनाया। इसलिए कि बिना किसी घटना के मैं उनमें से एक होने के योग्य बना था। और लड़ाई में सोकदे की जीत के कुछ देर बाद तक यह वातावरण

बना रहा। सोकदे को बच्चों ने ऐसे घेर लिया था जैसे वह कोई युद्ध-विजेता हो। और एक ने सुझाव दिया कि क्योंकि सोकदे पसीने और गंद से अँटा हुआ है इसलिए चलकर पास की नदी में नहाया जाए। सबने स्वीकार किया और मैं उनके साथ चुपचाप हो लिया। जो भी हो, हम नदी के किनारे पहुँचे ही थे कि सोकदे का मेरी ओर ध्यान गया। उसकी त्योरी चढ़ गई और एकदम वातावरण बदल गया।

"ओ हन ब्योंगथे! तुम यहाँ क्या कर रहे हो?" समझदारी में तेज एक लड़के ने पूछा। और इसी के साथ दूसरों ने भी प्रहार करना शुरू कर दिया।

"तुम कब सरक आए?"

"किसने कहा तुम्हें जय-जयकार के लिए?"

सहसा मेरी नाक जलने लगी और आँखों के आस-पास आँसू ढुलकने लगे। बहुत साफ तो नहीं था, लेकिन अनुमान है कि मैं पराएपन के दुःख का स्वाद अथवा पराएपन से गुत्था कटु अकेलेपन का भाव चख रहा था। जो भी हो, मेरी लड़ने की श्रेणी की उतावली गिरावट या दूसरों के द्वारा दिए गए अकेलेपन से कहीं ज्यादा दुखदायी खुले तौर पर व्यवस्थित ढंग से मिलने वाला उत्पीड़न था। जैसा मैं पहले ही कह चुका हूँ, जैसे बड़ों की दुनिया में निभाने को नियम होते हैं, बच्चों की दुनिया में भी निभाने को नियम होते हैं, और जैसे कोई भी बड़ा सारे नियमों का पालन करने योग्य नहीं होता, वैसे ही बच्चे के लिए भी सारे नियमों का पालन करना कठिन होता है। कहावत है न कि अगर कुछ झाड़ोगे तो अवश्य वहाँ धूल पाओगे, इसीलिए बच्चे हर दिन अनगिनत साधारण अपराध करते रहते हैं जो बड़ों के द्वारा भंग किए जाने वाले कानून या अनैतिकता के अनुकूल होते हैं। सलाह-मशवरों या प्रधान अध्यापक की साप्ताहिक हिदायतों पर न चलने के लिए, अध्यापक के कहे अथवा विद्यार्थी परिषद् के निर्णय के अनुसार न करने के लिए, माता-पिता या बड़ों के अनुनय-विनय को न मानने के लिए, समाज के द्वारा बच्चों के स्वीकृत आचरण पर गौर न करने के लिए...इस प्रकार के अपराधों के लिए मैं नियमों के अत्यधिक कठोर अनुपालन का लक्ष्य बन गया था।

अगर मेरे नाखून थोड़े से बड़े होते या बाल कटवाने में थोड़ी सी भी देर हो जाती, तो बिना नागा मेरा नाम खराब स्वास्थ्य परिवेश की सूची में पहुँच जाता। अगर मेरी सीवन उधड़ जाती, अथवा एक बटन टूटकर गिर जाता तो मुझे वरदी के उल्लंघन के लिए सजा दी जाती। मेरे द्वारा की जाने वाली वे तमाम मामूली

बातें मसलन स्कूल से आते-जाते जंक भोजन खाना मेरा अपराध हो गई थीं, जिनका, दूसरे तमाम विद्यार्थियों के साप्ताहिक अध्यापक के द्वारा न पकड़े जाने की सूरत में, कोई मतलब नहीं था। और जब भी मैं कॉमिक पुस्तक भंडार (दुकान) के पिछले कमरे में गोपनीय ढंग से कॉमिक्स पढ़ता, अध्यापक उसके बारे में सुन लेते और मुझे डाँट पड़ती। एक शब्द में बयान करूँ तो सब बच्चे ऐसा करते और जब वे दुर्भाग्य से पकड़े जाते तो उन्हें बहुत नरम डाँट पड़ती लेकिन जब मैं करता तो दूसरों के सामने प्रकट करते हुए उन्हें बड़ा जुल्म माना जाता, निंदा की जाती और अंततः अध्यापक से मुझे पिटाई खानी पड़ती अथवा शौचालय की सफाई करने जैसे काम की सजा सुनाई जाती। आरोप लगाने वाला हमेशा अलग पक्ष का होता लेकिन उस सब के पीछे निस्संदेह सोकदे ही होता।

आम तौर पर हमारे ठंडे और उदासीन अध्यापक के द्वारा सोकदे को इस प्रकार के उल्लंघन करने पर शासित करने और सजा देने को अधिकृत किया गया था। और जब भी शिकायत होती तो वह अपने अधिकार इस प्रकार अमल में लाता कि बाहरी तौर पर वह उचित प्रतीत होता। उदाहरण के लिए, यदि मेरे साथ उसका कोई करीबी अंतरंग मित्र पकड़ा जाता तो सबके सामने वह हम सबको समान सजा सुनाता। लेकिन जब सोकदे और उसके अंतरंग मित्रों को ही सजा मिलने के बारे में जानकारी होती तो मेरे साथ अलग व्यवहार किया जाता और मैं सच में अपने दाँत पीस लेता। मसलन, अगर हमें शौचालय साफ करने का निर्देश मिलता तो परखकर उन्हें लापरवाही से बुहारने का कार्यभार पूरा करने पर घर जाने दिया जाता, लेकिन मुझे घर जाने की अनुमति देने से पहले फर्श के धब्बों को पानी तक से धोना होता। यही सब है जिसके बारे में मैं बता रहा हूँ।

एक हद तक यह महज अनुमान है, लेकिन अन्य समयों पर भी मैंने पाया कि मेरे सुनिश्चित नुकसान के लिए सोकदे ने अपने वैध अधिकार का दुरुपयोग किया था। स्वास्थ्य-परिवेश की जाँच जिसके बारे में मुझे कुछ नहीं पता था जबकि हर किसी को चुपचाप एक दिन पहले ही सूचित कर दिया गया था, और जिस दिन जब मैं स्कूल के रास्ते पर घोड़े-गाड़ी के साथ चल रहा था और पकड़ा गया था और कील (नोक) से कपड़े फट गए थे उस दिन चमकीली वरदी का निरीक्षण था। ये विशिष्ट उदाहरण हैं। परिणामस्वरूप, अपनी कक्षा में ही नहीं बल्कि पूरी श्रेणी (ग्रेड) में, एक उत्पाती और अपराधी के रूप में अंततः मेरी पहचान बनाई गई थी।

ऐसी स्कूली ज़िंदगी के रहते मैं किसी भी तरह ठीक से नहीं पढ़ सकता था। यहाँ स्थानांतरित होकर आने के बाद कक्षा में प्रथम आने के मेरे पक्के इरादे के विपरीत मेरे पदक्रम (ग्रेड्स) अंश-अंश कर गिरते चले गए थे। सत्र की समाप्ति तक मैं कक्षा के मध्य के शिखर पर रह गया था।

निश्चय ही इसका यह मतलब नहीं कि इस सबको मैंने चुपचाप हजम कर लिया था। अपने तरीके से मैंने अपनी पूरी ताकत के साथ और दाँव-पेच इस्तेमाल में लाकर स्थिति में सुधार लाने की कोशिश की। मैंने अपने माता-पिता को भी गतिशील करने की कोशिश की। एक बार मैंने अपने अध्यापक पर पूरी तरह छोड़ दिया था। अपनी अकेली, कठिन लड़ाई, जिसमें मैं उलझा हुआ था, अपने पिता पर डालकर मैंने उनकी मदद के लिए गुहार लगाई थी। लेकिन निष्फलता ने पिता को पहले से बदल दिया था। सो उनमें और ठंडे, उदासीन अध्यापक में अधिक अंतर नहीं था।

''आखिर तुम किस किस्म के बेवकूफ हो? तुम्हें कौन किसका काम करने को कहता है? क्या तुम काफी मजबूत नहीं हो। क्या तुम्हारे पास पत्थर और लाठियाँ नहीं हैं? पहले पढ़ाई में जीतने की कोशिश करो और तब तुम्हारे सहपाठी तुम्हारा अनुसरण करेंगे।''

क्योंकि स्थिति को लेकर मैं बहुत भावुक था सो मैंने उसे बहुत अच्छे से व्याख्यायित नहीं किया था। और फिर पिता ने उस मामले को उन मामूली गड़बड़ियों में माना जो बच्चों की दुनिया में आम बात हैं। पिता के गुस्से के सामने कुछ और कहने की इच्छा, किसी भी कीमत पर, मैं गवाँ चुका था।

बस एक माँ थीं जिसने समझने का प्रयास किया, जो इसको लेकर खुद चिढ़ी, घबराई और तल्लीन हुई थीं। हमारी बातचीत सुनकर उन्होंने पिता को तेजी से एक ओर धकेल दिया था और मुझसे चुपचाप प्रश्नावली पूछने को अग्रसित हुई थीं। पहली नज़र में वह स्कूल से दूर थीं। भीतर, मुझमें एक उम्मीद की किरण जगी थी कि माँ जरूर कुछ करेंगी लेकिन सब व्यर्थ ही निकला।

''तुम इतने तुच्छ और ईर्ष्या से भरे हुए क्यों हो? और तुम्हारे पदक्रम, क्या कहोगे उनके बारे में? तुम्हारी दिक्कत क्या है? और यहाँ तक कि तुमने अपनी माँ से झूठ बोला..! आज मैं तुम्हारे अध्यापक से मिला था। हमने दो घंटे बात की। और वह बच्चा...क्या नाम है उसका...ओम सोकदे, मैं उससे भी मिला था। कितना प्यारा, खुले दिमाग का संवेदनशील बच्चा है। स्कूल में प्रथम...''

जैसे ही मैं स्कूल से घर पहुँचा, माँ ने मुझे डाँटना शुरू किया, मानो वह मेरी ही प्रतीक्षा कर रही थी। आधे घंटे तक वह अध्यापक की तरह भाषण देती रही, लेकिन मैंने एक भी शब्द नहीं सुना। मैं जिस भाव में जकड़ा हुआ था वह निराशा से भी अधिक था, वह कुंठा के निकट था। पीछे मुड़कर देखने पर जब मैं सोचता हूँ कि इसके बावजूद मैंने अपना संघर्ष कुछ देर और जारी रखा था तो आज भी संतुष्टि के भाव से भर जाता हूँ।

जैसे भी हो, आखिर वह दिन भी आया जब लड़ाई का अंत हुआ। जैसे सत्र अंत की ओर आया मैंने खुद को थका हुआ महसूस किया। शुरू में जो भीषण लड़ाकू भावना थी चह लुप्त हो चुकी थी। और जिस घृणा ने मुझे किसी अंदरूनी प्रतिशोध लेनेवाले भाव से ग्रस्त किया हुआ था उसने अपनी धार खो दी थी। नए सत्र के प्रारंभ से मैंने अपने समर्पण को जताने के लिए चुपचाप एक अच्छे मौके की प्रतीक्षा की थी। लेकिन दुख की बात यह थी कि ऐसा मौका जल्दी ही नहीं मिल सका था।

इसका एक कारण था कि चाहे मैंने लम्बी और कठिन लड़ाई लड़ी थी लेकिन सोकदे के साथ वह एक बार भी सीधे-सीधे नहीं लड़ी थी। हमेशा दूसरे लड़के या सोकदे की भीड़ होती थी जो मुझसे भिड़ती थी। या किसी नियम के भंग करने की बात होती थी, अथवा मॉनीटर के रूप में सोकदे के द्वारा प्रयुक्त अपने अधिकार की वैध कार्यवाही होती थी। न केवल सोकदे ने मुझसे कभी भी व्यक्तिगत तौर पर बात की थी बल्कि बहुत लंबे समय तक हमने एक दूसरे से नज़रें तक नहीं मिलाई थीं।

मैंने अवरोध पैदा करने के अपने सब इरादे त्याग दिए थे, लेकिन मैं अब भी कक्षा की बाहरी परिधियों पर दुःखद चक्कर काट रहा था। अंततः एक अवसर आया। अगले दिन निरीक्षण के लिए एक निरीक्षक के आगमन के कारण वह दिन बड़े स्तर पर साफ-सफाई की तैयारी का था। जैसे ही सुबह की कक्षा समाप्त हुई, हम में से प्रत्येक को सफाई का काम दिया गया। कहना न होगा, सफाई के काम में कक्षा का कमरा भी सम्मिलित था। लेकिन उन्होंने उसे फूलों की क्यारियों और खेल के मैदान में चल रही स्कूली परियोजनाओं तक भी विस्तार दे दिया था।

वहाँ बुहारने, साफ-सफाई करने और सुव्यवस्था के लिए बहुत कुछ था, इसलिए श्रम विभाजन बहुत कठिन था। मुझे फूल-क्यारी की ओर की दो खिड़कियाँ मिली थीं। वे सरकवाँ खिड़कियाँ थीं, हर ओर आठ -आठ वर्ग फुट

शीशों वाली, खड़ी और लेटी कमानियों के साथ। दो से गुणा करने पर साफ किए जाने वाले शीशों की कुल संख्या 32 थी। सामान्यतः यह बहुत काम था लेकिन साफ करने की दृष्टि से, जिसमें कक्षा के लकड़ी के फर्श और बरामदे को एक सूखे कपड़े से साफ करना बल्कि उसे मोमबत्ती की चिकनाई से मोमिया बनाना सम्मिलित था, मैं नहीं कह सका था कि मुझे दिया गया काम अनुचित था।

फिर भी समस्या अध्यापक से शुरू हुई। अन्य कक्षाओं में अध्यापकों ने अपनी आस्तीनें समेटीं और निजी तौर पर सफाई का निरीक्षण किया और निर्देश दिया, लेकिन हमारे अध्यापक ने मुश्किल से काम के बँटवारे का प्रयास किया और तब, हमेशा की तरह, जल्दी ही छुटकारा पाने से पूर्व सोकदे को निरीक्षण का काम सौंप दिया।

अगर यह तब हुआ होता जब मैं सोकदे के विरोध में खुलकर खड़ा था तो अध्यापक के द्वारा इस तरह दिए गए गैर जिम्मेदाराना अधिकार पर मैं सच में गुस्सा हुआ होता। लेकिन उस दिन, वस्तुतः मैंने उसका स्वागत किया। मैं अच्छी तरह जानता था कि ऐसे अवसरों पर अच्छे से काम करना सोकदे की निगाहों में आने की राह था। असल में, थोड़े ही समय पहले तक, मैं सोकदे के द्वारा जाँच किए जाने का विरोध करता था, और जब वह जाँच कर रहा होता तो मैं सफाई का काम लापरवाही से करता।

उस दिन अपने को मिली खिड़की की सफाई करने में मुझे बहुत ही मुसीबत हुई थी। सबसे पहले मैंने खिड़की के शीशे और सलाखों पर के धब्बों या धूल की पपड़ी को गीले कपड़े से साफ किया और उसके बाद सूखे कपड़े से गीलेपन को पोंछा। और फिर बची-खुची मिट्टी को हटाने के लिए पहले फूँक और फिर अखबार और सफेद अभ्यास-कागज का उपयोग किया।

इस प्रकार के कठिन कार्य ने काफी समय खाया, इतना कि जब तक मैंने दो खिड़कियों को चमकाया, ज्यादातर लड़के अपने को मिला कार्य समाप्त कर चुके थे। सोकदे मैदान में उनके साथ गेंद से खेल रहा था। यह फुटबाल के खेलों में से एक दूसरा था जिसमें सोकदे की टीम में कम खिलाड़ी थे लेकिन जीत का वह हमेशा जुगाड़ कर लेता था।

जैसे ही मैंने कहा कि मैं अपने द्वारा सम्पन्न काम का निरीक्षण कराने के लिए आया हूँ, सोकदे ने अपनी गेंद को अपनी टीम के एक सदस्य की ओर ठोकर मारी और झट से उत्तर दिया। उसका व्यवहार अध्यापक के एक सचेत प्रतिनिधि का था। जैसे ही उसने मेरे द्वारा साफ की जा चुकी खिड़कियों पर

नज़र दौड़ाई, मैंने धड़कते हुए हृदय से उसकी प्रतिक्रिया की प्रतीक्षा की। खुद मुझे अपनी खिड़कियाँ उनके पीछे की खिड़कियों की तुलना में अधिक साफ और चमकदार लगी थीं। अगर वह मुझसे अच्छी मनोदशा में सदय होकर व्यवहार करता है तो अपनी ओर से मैं एक सौम्य प्रतिक्रिया के द्वारा उसके मित्रभाव के लिए प्रयास करूँगा। उसे अपना हृदय परिवर्तन दिखाने के लिए। तो भी परिणाम अप्रत्याशित था।

सोकदे ने थोड़ी देर खिड़कियों की जाँच की।

उसने कहा, "ऐसा नहीं चलेगा, अब भी वहाँ धब्बे हैं। उन्हें दोबारा साफ करो।"और उसके बाद वह फिर खेल के मैदान की ओर दौड़ गया। मुझे लगा जैसे मेरे चेहरे पर खून दौड़ रहा था। मैं विरोध जताना चाहता था, लेकिन ऐसा करने से पहले ही सोकदे खेल के मैदान की दूसरी ओर भाग चुका था।

मैंने बड़ी मुश्किल से अपनी भावनाओं को दबाया और दोनों खिड़कियों को फिर से जाँचा। बाईं ओर के बहुत से शीशों पर जहाँ-जहाँ से पानी बहा था, सच में धुँधले निशान थे। मैंने सोचा कि यह मेरा सौभाग्य था कि मैंने उसके सामने विरोध नहीं किया, और धब्बे साफ करने के काम में लग गया। जैसे ही मैं काम पर लगा मैंने दूसरे निशान और धब्बे देखे, और समय के खासे अंतराल के बाद ही दूसरी जाँच के लिए मैं सोकदे के पास जा सका।

इस वक्त न केवल कक्षा के बच्चे बल्कि कक्षा की परियोजनाओं को ठीक-ठाक करने वाले प्रभारी भी अपना काम समाप्त कर चुके थे और फुटबाल का मैच पूरे शबाब पर था। एक तरफ 13 और दूसरी ओर 11 तेज बच्चों से टीम बनाई गई थीं। और वे चमड़े की असली बॉल का उपयोग कर रहे थे--स्रोत अज्ञात था। जोश भरी प्रतियोगिता में भंग न चाहते हुए मैंने कुछ देर इंतज़ार किया। जब मैंने देखा कि सोकदे गोल कर चुका था तब मैं सोकदे के पास पहुँचा और कहा कि मैं उसके द्वारा जाँच के लिए आया हूँ।

इस बार भी सोकदे ने एकदम खेल छोड़ दिया। तो भी परिणाम वही था।

"वह मक्खी का गंद है, नहीं? उन्हें फिर साफ करो और इस कोने की धूल भी साफ करो।"

इस बार मैं नहीं सह सका। मैंने आधे मन से प्रतिवाद किया। मैंने कहा कि वह मेरे साथ के दूसरे बच्चों के द्वारा की गई सफाई से मेरी सफाई की तुलना करे। लेकिन सोकदे ने बीच में ही बड़े ठंडे ढंग से मुझे रोक दिया। बिना उन खिड़कियों की ओर देखे जिनकी ओर मैं इशारा कर रहा था।

"वह वह है, तुम तुम हो। खैर मैं इन खिड़कियों को स्वीकृत नहीं कर सकता।"

उसकी आवाज का लहजा ऐसा प्रतीत हुआ मानो वह कहना चाहता हो कि मैं किसी खास किस्म का था जो कठोर जाँच की माँग करता है।

इसके नज़रिए में मैं कुछ नहीं कर सका। मैं दोबारा पत्थर पर चढ़ा और सभी 32 शीशों के हर कोने की जाँच की। इस बार मैं प्रशंसा लेने के लिए नहीं कर रहा था। मैंने असफलता से बचने के लिए अपनी सारी ताकत झोंक दी थी।

तीसरी बार सोकदे ने कुछ और पकड़ा और मुझे नकार दिया। उसका सद्भाव प्राप्त करने की कोशिश में मैं बनावटी मुस्कुराया। लेकिन सब बेकार। उसने बस कहा कि मैं असफल था। इसके बाद औरों को साथ लेकर वह पास की नदी पर चला गया। वे सारा समय धूप में दौड़ रहे थे और कलाबाजियाँ कर रहे थे। चाहे पतझड़ का प्रारंभ था फिर भी अभी गर्मी थी।

मैं चौथी बार सिल पर चढ़ा और फिर शीशों पर धावा बोला। लेकिन मेरी सारी ताकत जा चुकी थी। मैं एक उँगली तक नहीं चलाना चाहता था। मैं सूनी आँखों से देखते हुए किसी चौंधियाए की तरह सिल पर गड़ गया था। सोकदे और अन्य, पिछले गेट के पास के चीड़वन में ओझल हो गए थे। अब जबकि मैं समझ चुका था कि मेरी सफलता और असफलता का मेरे प्रयासों से कोई नाता नहीं था बल्कि सोकदे के महसूस करने से था, तो मैं बेकार में कतई मेहनत नहीं करना चाहता था।

सूर्य पश्चिम में डूब रहा था और स्कूल के अहाते में जीवन के चिह्न अपवादस्वरूप थे। वहाँ एक भी बच्चा नहीं दिख रहा था, और घर लौटते अध्यापकों में से किसी एक के जब-तब विचित्र आवाज करते पदचापों से सन्नाटे में व्यवधान आ रहा था। बहुत बार मेरे मन में प्रबल इच्छा हुई कि सब कुछ फेंक-फॉककर घर दौड़ जाऊँ। मैं पहले ही प्रतिरोध का पूरा विचार त्याग चुका था। लेकिन यह केवल खींसे निपोरने और बर्दाश्त करने की दृष्टि से बहुत ही कठोर और तानाशाही से परिपूर्ण था। खैर, जब मैंने अगले दिन अध्यापक के द्वारा बुलाए जाने और सोकदे की शिकायत पर दूसरों के सामने पीटे जाने के बारे में सोचा और सोकदे के घूरते हुए चेहरे की कल्पना की तो मेरी सारी प्रबल इच्छा तभी रफूचक्कर हो गई। बल्कि, चाहे वह थोड़ी कायराना थी, मैंने एक बेहतर रणनीति सोची। लड़के की तरह बिल्कुल नहीं। और आशा की कि सोकदे बाद में शांत हो जाएगा। वह मुझे पीड़ित होते देखना चाहता था। मैं उसे खुद को पीड़ा

में दिखाऊँगा। जब वह आएगा तो कुछ आँसू ढरकाकर खुद को पीड़ा में दिखाऊँगा। शायद उसकी विद्वेष भावना शांत हो जाए—मैंने यही रणनीति सोची थी।

जब सोकदे और अन्य, पिछले द्वार पर फिर दिखे तो स्कूल के प्रांगण के पश्चिमी अंत पर के हिमालयी देवदार की छाया, खेल का मैदान पूरी तरह पार कर चुकी थी। उसके बाद क्या हुआ उसे मैं बहुत ही कठिनाई से बता पा रहा हूँ। जैसे ही मैंने उन्हें शोर मचाते हुए क्रीड़ा-स्थल में प्रवेश करते हुए देखा, गीले झिलमिलाते बालों के साथ—उन्होंने जरूर स्नान किया होगा, मेरी आँखों से अचानक बिना किसी प्रयास के आँसू उमड़ने लगे। थोड़ी ही देर पहले सोची रणनीति पूरी तरह भूल गई थी। ये मेरे हृदय के गहरे में से निकले सच्चे अश्रु थे।

आप इन्हें थोड़ा अकस्मात्, थोड़ा विचित्र महसूस कर सकते हैं, लेकिन आज बिना उत्तेजित हुए विश्लेषण करने पर सोचता हूँ कि वे अश्रु पूरी तरह व्याख्यारहित नहीं थे। बस पीड़ा एक ऐसी आत्मा से, जो प्रतिरोध छोड़ चुकी हो, निचुड़ सकती है। और एक ऐसा मस्तिष्क जो घृणा खो चुका हो दुःख का मूड है। शायद मैं अपनी निष्फलता पर उदासी के लिए रोया। मैं रोया क्योंकि मेरे अकेलेपन ने मुझे उदास कर दिया था।

"हे हन ब्योंगथे!"

मेरे अकस्मात् निकले अश्रु अब अनियंत्रित सुबकियों में बदल चुके थे। जैसे ही मैं खिड़की से चिपका, मैंने पास से किसी को अपना नाम पुकारते सुना। मैंने अपने आँसू पोंछे और आवाज की दिशा में देखा। दूसरों को कुछ दूरी पर छोड़कर, सोकदे खिड़की के नीचे अकेला आ चुका था और मेरी ओर देख रहा था। उसका चेहरा अभूतपूर्व ढंग से उदार और दयापूर्ण प्रतीत हुआ।

"तुम अब जा सकते हो। मैं खिड़की को स्वीकृत करता हूँ।"

उस चेहरे की ओर से, मेरे अश्रुओं के कुएँ से गुजरते, धुँधली और अपहचानी, एक भले बोल की आवाज फिर आई। अनुमान करता हूँ कि उसे मेरे अश्रुओं की ठीक प्रकृति का अंदाजा लग गया था। एक निश्चित अपरिवर्तनीय विजय हासिल करने के बाद उसने मुझे उस अकेली, कठिन लड़ाई से मुक्त कर दिया था। उसकी उदारता के लिए मैं मात्र अपार कृतज्ञता ही महसूस कर सकता था। अगले दिन खास तौर पर सँभालकर रखी एक फाउंटेन पेंसिल से मैंने अपनी कृतज्ञता ज़ाहिर की।

चाहे लड़ाई का अंत इतना खोखला था और मेरा समर्पण इतना सादा था, फिर भी समर्पण का फल मीठा था। शायद समर्पण का फल अधिक मीठा था

क्योंकि मेरा विरोध लम्बा और अड़ियल था। एक बार पक्का हो जाने पर कि मैं उसके कहने में हूँ, सोकदे का समर्थन झरने की तरह झरने लगा।

पहली चीज जो सोकदे ने मेरे लिए की वह थी मेरी लड़ाई की श्रेणी को ठीक करना। उन कुछ लड़कों को, जो उसके संरक्षण में अन्याय से मेरी श्रेणी को हड़प चुके थे, अब भारी कीमत चुकानी पड़ी। उन्हें अपनी श्रेणी खोनी पड़ी। जिन लड़कों ने मुझे महत्त्वहीन समझ रखा था उनकी ताकत को सोकदे ने अचानक नगण्य समझना शुरू कर दिया था। और यदि वह उन्हें मुझे सेकी यह, सेकी (अपमानजनक शब्द) वह कहते सुन लेता तो उनके साथ तिरस्कार का व्यवहार करता।

"ओ. क्या तुम सच में सोचते हो कि ब्योंगथे को पीट लोगे? क्या लड़ाई में तुम उसे पीट सकते हो?"

तब वह यों ही सुझाता, "ब्योंगथे, दोबारा लड़ना कैसा रहेगा? क्या तुम इसी तरह सेकी को अपने ऊपर हावी होने दोगे?"

इससे ताकत लेकर, हम अखाड़े में लड़े—इस बार औचित्यपूर्ण जिसे उसने तैयार किया था। अपने भीतर बर्दाश्त कर चुके दहकते प्रतिशोध ने मेरे मुक्कों को अतिरिक्त डंक दे दिए थे और उन्होंने हर बार मुझे आसान विजय दिलाई। कुछ बच्चों ने तो मेरे उत्साह से डरकर बिना लड़े ही अपने हाथ ऊपर उठा लिए थे। परिणामस्वरूप थोड़ी सी लड़ाई के बाद ही मैं अपनी मूल श्रेणी को कितना ही ऊँचा उठाने के योग्य हो गया था। अब मेरी श्रेणी बारहवीं के आसपास थी।

मैंने दोस्त और खेल फिर खोज लिए थे। एक बार यह जान लेने के बाद कि सोकदे ने मुझे क्षमा कर दिया था, दूसरों ने मेरी उपेक्षा करने का प्रयास छोड़ दिया था। सच में तो, यह जानकर कि सोकदे का मेरे प्रति विशेष आदर है, खेलते समय वे, मुझे अपनी टीम में लेने का प्रयत्न करते। यह सत्र के अकेलेपन और उसकी कटुता को ठीक से धोने का बदलाव था। छोटे-बड़े नियमों का उल्लंघन जिसके कारण मैं न केवल कक्षा में बल्कि स्कूल में उत्पाती के रूप में जाना जाता था अब मेरे लिए परेशानी का कारण नहीं था। बेवकूफाना हरकतों को बढ़ा-चढ़ाकर बताने वाले मेरे आरोपी खत्म हो गए थे। और धीरे-धीरे मैं एक आदर्श विद्यार्थी के रूप में बदल गया था। पालन करने वाले नियमों की संख्या भले ही तत्काल कम नहीं हुई थी और न ही मैं बदला था लेकिन अध्यापक ने मेरा गर्मजोशी से स्वागत किया था, जैसे एक पिता फिजूलखर्ज बेटे का करता है।

स्कूल का काम धीरे-धीरे सामान्य हो गया था। दूसरे सत्र में आधा। मैं पहले दस में था और सर्दी के अंत-सत्र की परीक्षा में मैं दूसरे नम्बर पर रहा। और ग्रेड के सामान्य होने पर मेरे पिता और माँ की कठिन चिंताएँ समाप्त हो गई थीं। एक बार फिर मैं उनका बुद्धिमान, प्यारा, बड़ा बेटा बन गया था।

इसके बारे में सोचता हूँ तो सोकदे ने ये तमाम चीज़ें मुझसे छीन ली थीं। धैर्य से कहूँ तो मैंने जो मेरा था उसे वसूल किया था। और सोकदे के बारे में अधिक से अधिक कह सकते हैं कि उसने अतिरिक्त रुचि दिखाई थी। जो भी हो, अब जबकि मैं उसकी इच्छा के सामने झुक चुका था, हर चीज़ बहुत अधिक कृपादृष्टि प्रतीत होती थी।

दूसरी ओर सोकदे की अपेक्षाएँ जितनी मैं सोचता था उससे कहीं कम थीं। वह दूसरों के साथ समान शर्तों पर व्यवहार करता नहीं प्रतीत होता था। मेरे संदर्भ में उसने मुझसे कुछ नहीं माँगा। कोई भी वस्तु बहुत ही कम ली। अगर मैं स्वेच्छा से उसे कुछ स्वादिष्ट या कीमती स्कूली वस्तु देता तो वह उसे स्वीकार करना नहीं चाहता। और अगर वह स्वीकार करता तो हमेशा कई गुणा तरफदारी के रूप में लौटाता। मुझे याद है कि वस्तुतः उससे चीज़ें लेना मेरे लिए आम बात थी, चाहे वह मेरे लिए असुविधाजनक बात थी क्योंकि जो चीज़ें वह मुझे देता था वे दूसरों से इकट्ठा की हुई होती थीं।

सोकदे ने मुझ पर कोई बोझ भी नहीं डाला था और कोई काम करने के लिए उसने मुझ पर दबाव भी नहीं डाला था। कभी-कभी सोकदे के द्वारा अनुचित बोझ या दबाव लादने के कारण लड़के दुःखी प्रतीत होते, लेकिन मुझे कभी ऐसा अनुभव नहीं हुआ। परिणामस्वरूप बोझ और कर्तव्यों से छुटकारे की ये निष्क्रिय सुविधाएँ अक्सर औचित्य से अधिक प्रभावित करती थीं।

सोकदे मुझसे यही चाहता था कि मैं उसके हुक्म में रहूँ और उसने जो साम्राज्य खड़ा किया था उसका विध्वंस करने की कोशिश न करूँ। असल में समर्पण का यही अर्थ था। यदि आप इसे बुनियादी भूमिका से जोड़कर सोचेंगे कि उसका हुक्म और साम्राज्य न्यायसंगत नहीं थे तब मेरा समर्पण एक बहुत बड़ी कीमत रहा होगा। फिर भी अब जबकि मैंने आजादी और विवेकशीलता छोड़ दी थीं, मुझे अपना समर्पण सच में कोई बड़ी कीमत नहीं लगा था।

अंततः किसी भी कीमत पर जब मैं उसके हुक्म का पूरी तरह अभ्यस्त हो गया, उसके साम्राज्य का एक सुविधाजनक अनिंदक—तो उसके द्वारा प्रदत्त तरफदारी के लिए मुझे एक और कीमत चुकानी पड़ी। वह थी चित्रकारी में मेरी

निपुणता। कला की कक्षा में मुझे दो चित्रकारी बनानी होती जबकि दूसरे एक ही बनाते। यह सोकदे के लिए होती जो चित्रकारी में अच्छा नहीं था। तद् अनुसार, 'हमारी निपुणता' हमेशा साथ-साथ लटकी मेरी दो चित्रकारियों का प्रदर्शन करती। एक सोकदे के नाम से और दूसरी मेरे नाम से। लेकिन इसमें अधिक बाधा नहीं रही होगी क्योंकि मैं नहीं याद कर सकता कि ऐसा सोकदे चाहता था या मैंने उसे प्रभावित किया था। मेरा अनुमान है कि उसके साम्राज्य में शांति से रहने वाली प्रजा की तरह मैंने ही कर या श्रमसेवा की एवज उसे स्वत:स्फूर्त प्रस्ताव दिया होगा।

इतिहास के शानदार पन्नों में दर्ज क्रांतियों से भिन्न अचानक हमारी कक्षा की क्रान्ति ने जन्म लिया और वह भी एक अनपेक्षित दिशा से। अगले वर्ष, हमारे अध्यापक के बदल जाने के महीने के बाद सोकदे का चट्टान जैसा मजबूत साम्राज्य टुकड़ों-टुकड़ों में ध्वस्त हो गया। आधे दिन के भीतर। और लोहे के मुक्कों वाला शासक, मात्र अपराधी बनकर हमारी दुनिया से गायब हो गया।

फिर भी, उस क्रांति के उत्स और उसकी प्रक्रिया बताने से पहले एक बात है जिसे मुझे क़बूल करना है। देखो, एक समय मैं, सोकदे के भयावह रहस्य को जानता था जिसने अंतत: उसके साम्राज्य की नींव हिला दी थी।

जहाँ तक मुझे याद है, उस वर्ष दिसम्बर का लगभग शुरुआती समय होगा। सत्रांत परीक्षा थी, और निष्पक्षता के लिए बैठने की व्यवस्था मिश्रित रूप में की गई थी। नतीजतन एक अच्छा विद्यार्थी पाक वोनहा मुझसे अगली सीट पर बैठा था। वह विशेषकर अंकगणित में अच्छा था और सोकदे के 10 करीबी दोस्तों में उसकी गिनती थी। अंकगणित में अपनी कमी से घबराहट के कारण, अपने पास इस लड़के की उपस्थिति ने मुझे सुरक्षा की भावना दी थी।

तथापि, दूसरी परीक्षा का समय जब लगभग बीत चला था, मैंने देखा कि पाक वोनहा कुछ विचित्र कर रहा था। परीक्षा की एक प्रयोगात्मक समस्या से चकराकर मैंने चोरी से उस पार देखा। दांता भिड़ाने की नीयत से नहीं। मैं तो यह जानने को उत्सुक था कि उसने उत्तर लिखा था कि नहीं। वह अपनी परीक्षा पुस्तिका पहले ही पूरी कर चुका था और उस पर से रबड़ से अपना नाम मिटा रहा था। सहसा मैं शंकालु हो उठा था। आप एक उत्तर को मिटा सकते हैं और उसे दोबारा लिख सकते हैं लेकिन किसी ने भी कभी अपने नाम की वर्तनी गलत नहीं लिखी होगी कि वह मिटानी पड़े।

मैं भूल ही गया कि ज़्यादा समय नहीं बचा है और पाक वोनहा को दत्तचित होकर देखता रहा। वह निरीक्षक से, जो अन्य कक्षा के अध्यापक थे, अपनी निगाहें चुराता रहा। जल्दी ही उसने साफ की हुई जगह पर एक नाम लिखा। और मुझे अत्यंत अचम्भा हुआ कि वह नाम सोकदे का था। जब वह नाम लिख चुका और थोड़ी राहत पाई तो उसने चुपचाप इधर-उधर देखा। जब उसकी आँखें मेरी आँखों से टकराईं तो वह चल पड़ा। तो भी, उसकी एक मुस्कान ने उसकी आँखों को तत्काल चमका दिया था। न ही वह मुझे चेतावनी देता हुआ लगा और न ही किसी भी रूप में मुझसे घबराया हुआ दिखा।

"वहाँ तुम क्या कर रहे थे?" मैंने अल्प विराम मिलते ही कोमल शब्दों में पूछा। वोनहा ने क्षीणता से मुस्कुराया और कहा—

"इस बार अंकगणित के लिए मेरी बारी थी।"

"अंकगणित के लिए तुम्हारी बारी? क्या कोई और, दूसरे विषय करते हैं?" स्तब्ध और पूरी तरह हक्का-बक्का होकर मैंने फिर पूछा।

पाक वोनहा ने क्षण-भर के लिए इधर-उधर देखा और दबे स्वर में बोला—

"क्या तुम नहीं जानते? शायद पिछले पीरियड में ह्वांग योंगसू ने कोरियाई परीक्षा दी थी।"

"क्या? तुम लोगों को हो क्या गया है?"

"हम सोकदे के लिए ग्रेड अर्जित करते हैं। जब तुम उसे मिले चित्रकला का काम करते हो तो तुम ठीक समय की प्रतीक्षा कर सकते हो और दो चित्रकलाएँ प्रस्तुत कर सकते हो, लेकिन परीक्षा के लिए ऐसे नहीं चल सकता। चल सकता है क्या? एक ही तरीका है कि सोकदे से ग्रेड(अंक) बदल लिए जाएँ।"

वह समय था जब मैंने सोकदे के असाधारण 'ए' औसत ग्रेड के रहस्य को खोजा था। वस्तुत: बिना सोचे-विचारे मैंने उसके लिए जो चित्र बनाए थे उन्होंने भी सीधे-सीधे उसे 'ए' औसत दिलाने में योगदान किया था।

"हर परीक्षा में सारे विषय?" मैंने खुद को थोड़ा शांत करके पूछा। पाक वोनहा ने, बिना कुछ छोड़े, साथी षड्यंत्रकारी के लहजे में मेरे सारे प्रश्नों के उत्तर दिए थे।

"सब विषय नहीं। आम तौर पर वह दो विषय खुद तैयार करता है। इस परीक्षा में सृष्टि और सामाजिक विज्ञान उसके अपने थे। लेकिन हर परीक्षा में विषय बदल जाते हैं और उसके लिए हस्ताक्षर करने वाले लड़के भी।"

"और सोकदे अन्य विषयों में कितने अंक प्राप्त करता है?"

"लगभग 80, थोड़े इधर-उधर।"

"इसका मतलब अंकगणित की परीक्षा में तुम्हारे लिए 15 अधिक अंकों की गिरावट, नहीं?"

"इसमें कुछ नहीं हो सकता। दूसरे सभी करते हैं। और सोकदे न्यायपूर्ण बारी बदलता है ताकि नुकसान समान रूप से बाँटा जा सके। इसलिए, सोकदे को छोड़कर, हमारे ग्रेड हमारी योग्यता के अनुसार होते हैं। मतलब हमारे सामने तुम जैसे भाग्यशाली लड़के की नहीं चलती।"

'हमारे' से वोनहा का आशय उन सात या आठ लड़कों से था जिनके प्रति सोकदे की विशेष पक्षधरता का फैलाव था। जहाँ तक पढ़ाई का ताल्लुक है, मैंने हाल ही में अपने को कक्षा के उत्कृष्ट विद्यार्थियों में लाने का प्रबन्ध कर लिया था।

"लेकिन...क्या सोकदे ने इसके बारे में अभी तुम्हें नहीं बताया? विचित्र है...।" वोनहा ने कहा। जब उसने मुझे स्तब्ध और इस विस्मयकारी रहस्य से जड़ीभूत देखा तो उसके चेहरे पर सहसा घबराहट लिखी गई। तब मानो अपने दिमाग को आराम पहुँचाते हुए उसने जोड़ा, "ओह इसमें क्या है? कोई बात नहीं अगर मैं तुम्हें अब बता रहा हूँ। मेरा मतलब है, तुम सोकदे के लिए चित्र बनाते रहे हो। वह उसी तरह है जैसे उसके लिए प्रयोगात्मक कला की परीक्षा देना। तुम्हें बस यही जानना है कि तुम्हें उसके साथ जल्दी ही परीक्षा के पेपर बदलने हैं...।"

लेकिन इस वक्त तक मैं अपने आपे में नहीं था। मैं तीव्र प्रलोभन में बह चुका था।

इस भयानक रहस्य—भयावह दुष्चरित्र का अकाट्य सबूत जिसे कोई माफ नहीं कर सकता था—से लैस प्रलोभन, हाल ही में समाप्त हुई लड़ाई को पलटना था। कोई फर्क नहीं पड़ता कि अध्यापक कितना ठंडा और उदासीन था। वह सोकदे की इस प्रकार की बदचलनी की उपेक्षा नहीं कर सकता था। अगर सोकदे को मैं इस प्रकार पकड़ने के योग्य हो गया तो न केवल यह उस अध्यापक के प्रति मधुर प्रतिशोध होगा जिसने हमेशा उसका साथ दिया बल्कि मेरे माता-पिता के प्रति भी मधुर प्रतिशोध होगा जिन्होंने मुझ पर विश्वास नहीं किया और मुझ पर जिह्वा के कोड़े बरसाए। मैं उन बच्चों का हीरो बन जाऊँगा जिन्होंने चाहे खीसें निपोरी हों और सहा हो लेकिन निश्चित रूप से पीड़ित

थे। और जब मैंने आजादी और कारण, जिसे मुझे कटु सत्य के लिए छोड़ने पर मजबूर किया गया था, के लौटने के बारे में सोचा तो मेरा दिल धड़कने लगा था।

लेकिन जब कक्षा के शुरू होने की घोषणा करते हुए घंटी बजी और मैंने अध्यापक का चेहरा देखा, जो परीक्षा के निरीक्षण के लिए आए थे तो गहन उत्तेजना से भरा मेरा दिल डूबने लगा। लाइटर की घटना की घृणित असफलता को अपने दिमाग में याद करते हुए, उनके चेहरे पर लिखा था—चीज़ें शून्य की ओर घसीटती हैं, नई चीज़ें, बदलाव महज परेशानी और पीड़ा हैं। प्रतीत हुआ कि जब तक उनकी नाक के सामने अकाट्य सबूत नहीं रखूँगा, कुछ भी उस असंवेदनशील और उदासीन दीवार को नहीं ढहा सकेगा।

मैंने दूसरों की ओर निगाह घुमाई। वे अकाट्य सबूत पेश कर सकते थे, लेकिन बहुत ही कम गारंटी प्रतीत हुई कि वे अध्यापक के समक्ष सोकदे के दुष्चरित्र का पर्दाफाश करने में मेरा साथ देंगे जबकि वे अब तक गुप्त ढंग से उसमें सहयोग करते रहे थे। और यह भी कि किसी हद तक वे सोकदे के सह अपराधी थे; क्या उन्होंने सोकदे के साथ मिलकर अध्यापक द्वारा दिए जाने वाले न्यायसंगत ग्रेड में अवरोध उत्पन्न नहीं किया था? इसके बारे में सोचकर मैंने और अधिक विश्वास खो दिया था। सोकदे ने साफ तौर पर लाइटर लिया था लेकिन जब अध्यापक ने पूछा तो मासूमियत का बहाना बनाता हुआ ब्योंगजो का चेहरा मुझे साफ-साफ याद है जब उसने कहा था कि उसने तो केवल उधार दिया था। और जब मैंने लड़कों को खुले रूप में सोकदे पर दोषारोपण का दुर्लभ अवसर दिया था तो मेरे तुच्छ गुनाहों से भरे परीक्षा के पेपरों की याद मेरी आँखों के सामने सख्ती के साथ लौट आई थी।

समर्पण के मधुर फल, जिसके दर्शन मैं लगभग पिछले दो महीनों से कर रहा था, और कुछ धूर्त मतलबीपन ने, मुझे उस समय रोक लिया था। असल में, सोकदे के अधीन उसके हुक्म में, अगर कुछ प्रौढ़ किस्म के आध्यात्मिक दंभ का अनादर किया था तो उससे मुझे कोई हानि नहीं हुई थी। जैसा मैं पहले कह चुका हूँ, मेरा लंबा जिद्दी अवरोध एक किस्म का युद्ध श्रृंगार बन गया था जो विभिन्न सुविधाओं के रूप में मेरा सहायक हुआ। कुछ अर्थों में सोल की व्यवस्था से मुझे यहाँ अधिक आजादी थी। वहाँ मैं विद्यार्थी परिषद् और बहुमत के नियंत्रण में था। और दूसरों पर प्रभाव की दृष्टि से मेरा अधिक नहीं तो बहुत प्रभाव था जैसा सोल में सेक्सन का मुखिया होने के नाते था। और अगर पढ़ाई

में सोकदे इसी तरह दूसरों को अड़ंगी मारता रहा तो मेरे लिए वह फायदे की ही बात होगी। बशर्ते कि मैं प्रथम आने की कोशिश नहीं करता। बिना अधिक कोशिश किए मैं दूसरे नम्बर पर अपने आप आ सकता था।

तो भी, मेरा खुद को अध्यापक के पास जाने से रोकने का निर्णायक कारण खुद सोकदे था। इन दो विरुद्ध प्रलोभनों से संतप्त मैं परीक्षा पूरी तरह समाप्त होने के समय तक अपना मन नहीं बना सका था। अपने ही असमंजस में दफ़न मैं अंतिम सभा की प्रतीक्षा कर रहा था जब अचानक सोकदे मेरे डेस्क के सामने प्रस्तुत हो गया।

"हे हन ब्योंगथे," उसने कहा। "आज की पूरी परीक्षा समाप्त हो गई है। थोड़ी मौज-मस्ती के लिए कहीं चलना कैसा रहेगा?"

चाहे वह मेरे हृदय के अंदर शायद नहीं देख सका था पर मैं अभी बहुत स्तब्ध था। एक पल में मैं अपनी एड़ियों पर था।

"कहाँ?" मैंने पूछा। "अभी ठंड है।"

"मीपो कैसा रहेगा? वहाँ मैं एक स्थान जानता हूँ जहाँ हम मज़ा कर सकते हैं और ठंड भी कोई समस्या नहीं होगी।"

स्कूल से लगभग पाँच ली (ली-कोरियायी माप / 1li-400m, 5lli-2km) की दूरी पर चीड़वन के बाद मीपो से तात्पर्य नदी का किनारा था। जापानियों के समय की हवाई आक्रमणों में आधी ध्वस्त हो चुकी कुछ फैक्टरी की इमारतों वाली वह जगह, बड़ों के लिए अनाकर्षक थी लेकिन वह खेलने की अच्छी जगह थी।

"ठीक है।"

"चलो, सब चलते हैं।" हमारे पास खड़े लड़कों ने तेजी से कहा। वे मुझसे ज्यादा उत्साहित थे।

मेरे पास मना करने का कोई अच्छा कारण नहीं था। ऊपरी संदेहास्पदता से बचने के लिए मेरे पास हाँ भरने के अतिरिक्त कोई विकल्प नहीं था। और इस बात ने, अंतिम सभा के बाद, अध्यापक से मेरा मिलना खुद ब खुद प्रभावी ढंग से रोक दिया था। चाहे मैं बिना पूरे दिल के चलने को तैयार हुआ था लेकिन वह दोपहर बाद का समय, विशेष मज़े के रूप में, मेरे दिमाग में लंबे समय तक रहेगा। लगभग पूरी कक्षा जाने को तैयार थी लेकिन सोकदे ने लगभग 10 चुने थे। पहली नज़र में आप सोच सकते हैं कि उसने उन्हें बिना भेदभाव के चुना था, लेकिन साफ तौर पर उसका अपना पैमाना था।

जैसे ही हम मीपो पहुँचे और ध्वस्त फैक्टरी-भवनों में धूपवाली जगह खोजी, सोकदे ने औरों की ओर मुड़कर कहा—"क्या तुम लोगों के पास कुछ पैसे हैं, क्या नहीं ?" उनमें से 5 या 6 ने अपनी जेबें खाली कर दीं और हमने 370 वॉन (कोरियाई मुद्रा) इकट्ठा कर लिए जो उस समय हमारे लिए पर्याप्त धन था। सोकदे ने दो लड़के चुने और उन्हें मिठाइयाँ और सोडा खरीदने के लिए भेजा। उसके बाद वह औरों की ओर मुड़ा।

"पानी के उस पार के गाँव में तुममें से कौन रहता है ?"

इस बार भी पाँच या छह ने उत्तर दिया।

"घर जाओ और कुछ मूँगफली और शक्करकंदी ले आओ। अगर तुम कहोगे कि तुम मॉनीटर और पूरी कक्षा के साथ प्रकृति के अध्ययन की यात्रा पर आए हो तो बिना किसी बतंगड़ के तुम्हारे गाँव के लोग वह सब दे देंगे।"

अंततः सोकदे शेष विद्यार्थियों की ओर मुड़ा और उसने कहा, "साथियो कुछ लकड़ी इकट्ठा करो। अभी धूप गुनगुनी है, लेकिन यह बहुत ठंडी हो जाएगी और हमें शकरकंदी और मूँगफली भूननी हैं।"

अब जबकि मैंने सोकदे की व्यवस्था में अच्छा स्थान बना लिया था तो सहज था कि मैं इस अंतिम टोली में सम्मिलित कर लिया गया था। लेकिन जैसे ही मैं औरों के साथ लकड़ी बटोरने के लिए जाने को हुआ, सोकदे ने मुझे रोक लिया।

"हे ब्योंगथे, ठहरो, मैं चाहता हूँ कि तुम किसी चीज़ से मेरी मदद करो।"

इस पर बिना किसी कारण के मैं फिर चौंका। लेकिन वह साफ तौर पर सदिच्छा से प्रेरित था। सोकदे ने आग के लिए जगह बनाने के लिए कुछ पत्थर हटाए। इससे उसका काम समाप्त हो गया और बाकी के समय उसने बस मुझसे बातें कीं। विभिन्न कामों से महज छुटकारे से कुछ अधिक प्रतीत हुआ। वैसे मैं भी सोकदे के अधीन था लेकिन मेरी श्रेणी दूसरों से ऊँची थी।

अंततः जब इधर-उधर बिखरे लड़के वापस आ गए तो वह छतविहीन ध्वस्त फैक्टरी-भवन दुनिया का सबसे मजेदार खेल का मैदान बन गया। सर्दी में बच्चों के लिए शिविर अग्नि समारोह (कैंप फायर) से अधिक उत्तेजक अथवा मजेदार खेल और क्या हो सकता था। इसके अतिरिक्त भूनने के लिए मूँगफली और शकरकंदी का ढ़ेर आग पर रख दिया गया। इस बीच, उनके भुनने की प्रतीक्षा करते हुए हम ने अपनी क्षमता से अधिक मिठाइयों और सोडे का सेवन किया।

हमने सूर्य डूबने तक खाया, पीया, हँसा और खूब जोर-शोर से खेला। हम धोड़ा और छूना खेल खेले और गीत गाने की प्रतियोगिता भी की। उसके बाद क्वे सेरा (Que sera) की संगीतमय प्रस्तुति थी जिसने हमें हँसा-हँसाकर फटने को हो चुके अपने पेट पकड़ने पर विवश कर दिया। एक लड़के ने अपना पाजामा नीचे खिसका दिया और अपनी छोटी, कच्ची मिर्च (लघु लिंग) को बाहर निकाल लिया। उसने आगे की खाल को जहाँ तक संभव था खींच लिया और उसे तार और तर्जनी को धनुष की तरह इस्तेमाल करते हुए वॉयलन बजाने की नकल उतारी। दूसरे लड़के ने अपने दोनों हाथ बढ़िया ढंग से मोड़े और भोंपू की आवाज़ का बहुत अच्छा अनुकरण किया। जबकि एक और लड़के ने अपने फूले हुए पेट को ढोल की तरह ढ़प-ढ़प-ढ़प पीटा। उनके पास एक लड़का एक गायक की नकल उतार रहा था और एक दूसरा लड़का जगह घेरते हुए, हाथों के बल खड़ा हो कलाबाजियाँ कर रहा था।

लेकिन कुछ असाधारण था तो वह था सोकदे का बर्ताव। वह पहले से दोगुणा दोस्ताना था। उसने मुझसे ऐसा व्यवहार किया मानो मैं दूसरों से अलग श्रेणी का हूँ, और उसने उस दिन मनोरंजन का निर्देशन ऐसे किया मानो वह मेरे लिए महाभोज हो। असल में, आप कह सकते हैं कि उस दिन उसने मेरी श्रेणी अपनी श्रेणी के समान स्तर पर उन्नत कर दी थी। शायद यह उछाल ज्यादा ही था। लेकिन हो सकता है कि मुझसे कुछ खतरे का एहसास करते हुए, यह विस्यमयकारी लड़का मुझे सत्ता का स्वाद चखाकर जीतने की कोशिश कर रहा था। किसी भी मूल्य पर, सोकदे द्वारा दिए गए मीठे स्वाद से मैं पूरी तरह मदमस्त था। असल में, धुँधले पड़ते प्रकाश में ज्यों ही मैं घर लौटा, मैंने अध्यापक को सोकदे के भयावह रहस्य बताने का सारा विचार और उससे कुछ लाभ उठाने की कोशिश को दिमाग से धो दिया था। मैंने आशा की और विश्वास भी कि उसका हुक्म, उसका साम्राज्य हमेशा के लिए रहेगा। और मैंने यह भी आशा और विश्वास किया कि उसके हुक्म में मैंने जिन विशेष फायदों का लुत्फ उठाया था वह हमेशा के लिए था। और अंततः चार महीने बीतने से पहले ये आशाएँ और विश्वास ध्वस्त हो गए और बर्बाद सोकदे हमारी दुनिया से ओझल हो गया था।

भले ही उसे क्रांति कहना जल्दबाजी और अनूठा था पर उस एकल क्रांति का मूल और उसकी प्रगति निम्नानुसार थी।

छठे दर्जे तक पहुँचते हुए, हमने गंभीरता से माध्यमिक स्कूल प्रवेश-परीक्षा के लिए तैयारी शुरू कर दी थी। इसके साथ हमारा अध्यापक बदल गया था।

जिन अध्यापक को अब हमारी कक्षा का प्रभारी बनाया गया था वह बहुत युवा थे। अध्यापकों के प्रशिक्षण–महविद्यालय से बस कुछ ही वर्ष पहले निकले हुए। चाहे उनके पास अभी अधिक अनुभव नहीं था तो भी उनकी योग्यता और उत्साह को मान्यता मिली थी और उन्हें विशेष रूप से प्रवेश–परीक्षा कक्षा के प्रभार के लिए चुना गया था।

बहुतों में से किसी को चुने जाने की दृष्टि से उपयुक्त हमारे नए अध्यापक ने पहले ही दिन से दिखा दिया था कि वे अलग तरह के थे।

छोटी बातों को न टालने या बहाने से उन्हें अनदेखा न कर देने वाले अपने भावों में पर्याप्त कुशाग्र। उन्होंने हमारी पहली आम सभा में ही हमें निर्विवाद डाँट दिया था।

"यह कक्षा इतनी मरियल सी क्यों है? मूर्खों की तरह हमेशा यह देखना कि अगला लड़का कैसे प्रतिक्रिया दे रहा है?"

कक्षा लेने के तीन दिनों के भीतर उनकी असाधारण बोध–क्षमता समस्या की तह के समीप पहुँच गई थी। उस दिन छठे दर्जे के लिए हमारे नए मॉनीटर का चुनाव था। और जब सोकदे 61 मतों में से 59 मत लेकर चुनाव जीत गया था तो अध्यापक क्रोध में आ गए थे।

"यह किस किस्म का चुनाव है? सिवा एक अवैध और उसके अपने वोट के सर्वसम्मत! हम दोबारा चुनाव करेंगे।"

जल्दी ही गलती भाँपकर सोकदे ने तत्काल हालात का भार सँभालने की कोशिश की। लेकिन अगले चुनाव में जब उसने 51 वोट प्राप्त किए तो अध्यापक की प्रतिक्रिया वही थी।

"यह क्या है? सोकदे को छोड़कर दूसरे नौ में से प्रत्येक का एक–एक वोट है। अगर कोई भी मुकाबले के लिए नहीं है तो चुनाव का क्या मतलब है?"

इस प्रकार अपने गुस्से को निकालकर उन्होंने सोकदे और हमारी ओर आँखें तरेरीं। फिर भी चुनाव के हो जाने के बाद कोई विकल्प न रहने पर उन्होंने सोकदे को मॉनीटर के रूप में मान्यता दी। पर कहा जा सकता है कि वहाँ हमारी निराली क्रांति की शुरुआत हो गई थी।

"मूर्खो! मूर्खतापूर्ण भय से इतना भरे हुए!"

"आगे की ओर सीधी आँखें! लड़कों के लिए यह कैसा चलन है...? यह जानने के लिए देखना कि अगला लड़का क्या कर रहा है!"

उस दिन के बाद समय-समय पर हमें डाँटते और जब भी हिसाब की कठिन समस्या होती वे सोकदे को बुलाते और उसे हल करने को कहते। लगता कि सोकदे संकट महसूस करता। अपनी ओर से उसने, अपने बचाव के लिए बहुत जोरदार कोशिश की थी, लेकिन अध्यापक संतुष्टि से बहुत परे प्रतीत हुए। पहली मूल्यांकन-परीक्षा के बाद के दिन उन्होंने सोकदे को जो फटकारा था वह एक उदाहरण था।

"ओम सोकदे, तुम परीक्षा में इतने अच्छे और कक्षा में इतने खराब कैसे हो सकते हो? मैं तुम्हें समझा नहीं।"

तो भी, सोकदे के भद्दे छल के प्रति वे जानकार नहीं प्रतीत हुए थे। उनकी आँखों में हमेशा एक संदेहास्पद प्रकाश था, लेकिन उन्होंने सोकदे को उसकी स्थापित सत्ता और हमारी कक्षा को नियंत्रित करने वाली मौजूदा व्यवस्था को अनचाही मान्यता दी थी।

इसके बावजूद, हमारी कक्षा पर अध्यापक के रुख का महत्त्वपूर्ण प्रभाव था। जब यह स्पष्ट हो गया कि अध्यापक सोकदे की ओर नहीं थे, और हमारे पहले अध्यापक की तरह अब तक सोकदे का अत्यधिक विश्वास करना असल में उनका उस पर अविश्वास करना था तो मेरे सबकुछ करने के बावजूद जो लड़के पिछले साल टस से मस भी नहीं हुए थे, वे अब अपनी इच्छा से कुलबुलाने लगे थे। चाहे उन्होंने सोकदे के मुँह पर उसे चुनौती देने का साहस नहीं किया था लेकिन अब वहाँ विरोध का थोड़ा-बहुत प्रदर्शन था। और उन लड़कों की संख्या में एक या दो की बढ़ोत्तरी हुई थी जो कुछ भी होने पर सोकदे के स्थान पर सीधे अध्यापक के पास गए थे।

मैं बार-बार कहता हूँ कि सोकदे कुछ और ही था। चाहे वह हमसे आयु में बड़ा था, महज साढ़े 15 या 16वर्ष (अंतरराष्ट्रीय स्तर पर साढ़े 14 वर्ष) का लड़का, लेकिन वह जानता था कि कब उसे धैर्य रखना है और कब उसे मैदान छोड़ना है। लगता था कि उसके पास इस प्रकार का सहज बोध था। जिन बातों को पहले वह मुक्कों से नियंत्रित करता था अब उन्हें थोड़ा तेवर दिखाकर नियंत्रित करता। और जिन चीज़ों पर पहले तेवर दिखाना पड़ता था अब उन पर भद्र मुस्कान से काम लेता। वह इसे निष्ठुरता से निकाल देता। जो समझदार लड़के थे वे अब अपने शुल्क के लिए लापरवाह थे। लेकिन उन्हें सजा देने से उसने खुद को रोक लिया था। और उसने कभी भी बिल्कुल नहीं कहा, "वह प्यारा है" या "उसे उधार दे दो।"

सोचता हूँ कि सोकदे परीक्षा के पेपरों को स्थानापन्न करने के खतरे के प्रति सजग था। लेकिन यही एक बात थी जिसे वह नहीं रोक सका। यह बाघ की पीठ पर पहले ही से बैठे हुए होने की तरह था। जो किया जा सकता था वह था अंत तक दौड़ना। वह अपनी पढ़ाई के परिणाम की बात छोड़ सकता था लेकिन पिछले दो सालों से स्कूल में हासिल करने वाले प्रथम स्थान को छोड़ना सोकदे के लिए बहुत बड़ी कीमत थी।

अंततः मार्च के अंत में वर्ष की पहली नियमित परीक्षा के बाद जब परीक्षा के अंकों की घोषणा की गई तो बात एक सिरे पर पहुँची।

उस दिन अध्यापक एक काला, चाकू की नोक वाला चेहरा लिये आए और तत्काल हमारे अंक पढ़कर सुनाए। वे ठंडे तरीके से निम्न के साथ आगे बढ़े—

"औसतन 98 अंकों के साथ सोकदे, पूरे ग्रेड में प्रथम। शेष तुम सब, ग्रेड के पहले दस से बाहर। यह एक पहेली है जिसे मैं आज सुलझाने जा रहा हूँ।"

जैसे ही उन्होंने अपनी बात खत्म की, उन्होंने सख्ती से सोकदे को पुकारा।

अपने आप को शांत रखने की कोशिश करते हुए सोकदे अध्यापक के डेस्क के सामने गया।

"अपने को चबूतरे के कोने से टिकाकर सीधा खड़े हो जाओ!" अध्यापक ने बिना किसी और स्पष्टीकरण के आदेश दिया। जब सोकदे सीधा खड़ा हो गया तो हाजिरी के रजिस्टर के साथ कक्षा में लाई गई मोटी छड़ी को अध्यापक ने निकाला और उसके पीछे जोर से मारा।

अचानक कक्षा का कमरा, जहाँ सन्नाटा छा गया था मानो ठंडा पानी छिड़क दिया हो, पिटाई की आवाज और दर्द को बर्दाश्त करने की कोशिश में सोकदे की सख्त साँस लेने की आवाज से भर गया था। यह पहली ऐसी कठोर पिटाई थी जिसे मैंने देखा था। छड़ी जो कि बच्चे की कलाई जितनी मोटी थी, जल्दी ही अंत किनारे से चिर गई थी और उसके कुछ अंश उड़ने लगे थे। लेकिन इतनी कठोर पिटाई से ज्यादा मैं इस सत्य से स्तब्ध था कि सोकदे पिट रहा था।

सोकदे पिट रहा था! इतना दयनीय, इतना लाचार—यह बात मुझे ही नहीं कक्षा के तमाम बच्चों को स्तब्ध करने वाली थी। और साफ था कि अध्यापक ठीक इसी प्रकार की दहशत चाहते थे। इस बीच अध्यापक के हाथ की छड़ी

आधी रह गई थी लेकिन पिटाई जारी रही। दर्द को बर्दाश्त करने की कोशिश में अपनी देह को छटपटाते हुए, अंततः सोकदे भी दर्द से कराहते हुए जमीन पर गिर गया।

अध्यापक इसी का इंतज़ार करते लग रहे थे। उन्होंने गिरे हुए सोकदे को वहीं छोड़ा, डेस्क तक गए, सोकदे की परीक्षा-पुस्तिका ली और सोकदे की ओर आए। सोकदे फिर एक बार फर्श पर धनुषाकार था।

''इसे देखो, ओम सोकदे! क्या तुम अपने नाम के मिटाए जाने के चिह्न देख रहे हो?''

अब आकर समझा कि अध्यापक सोकदे का रहस्य खोज चुके थे। अचानक, सोकदे के प्रति संवेदना या डर के भाव से ज्यादा मेरा सरोकार इस बात से था कि यह सब कैसे प्रकट हुआ। क्या होगा यदि सोकदे अपने किसी भी दुराचार से इंकार कर दे जैसा उसने 'लाइटर' के बारे में किया था, और लड़के उसके पक्ष में एक्का कर लें जैसा तब हुआ था?

''मुझे माफ कर दीजिए।''

अंततः यही निराशापूर्ण उत्तर था जो प्रकट हुआ। आखिर वह महज 15 या 16 साल का लड़का था, देहधारी एक इंसान जो आसानी से समर्पण कर देता है। कदाचित अध्यापक के द्वारा की गई कठोर पिटाई का अनिवार्य मकसद उससे ठीक-ठीक ऐसा ही उत्तर निकलवाना था।

जब औरों ने सोकदे का जवाब सुना तो उनमें वहाँ एक दूसरी ही अदृश्य लहर उठ गई थी। सोकदे ने हार मान ली थी! अपनी आँखों के सामने ऐसी असंभावित होनी होते देखना स्तब्धकारी था। मैंने भी ऐसा ही महसूस किया। जब मैंने उसे वैसा कहते सुना तो मैं अनजाने ही हिचक गया था।

एक योग्य मनुष्य होने की, अध्यापक की प्रतिष्ठा ने, अनुमानतः एक व्यवस्थित और खुले दिमाग का संकेत दे दिया था। जैसे ही उन्होंने सोकदे का किसी भी कीमत पर आत्मसमर्पण देखा, तो सोकदे को सोचने का अवसर दिए बिना वे तुरंत अगले चरण में पहुँच गए।

''ठीक है,'' उन्होंने कहा। ''डेस्क पर चढ़ जाओ, झुक जाओ, घुटने गिराकर अपनी एड़ियों पर, और अपने हाथों को ऊपर उठाओ!'' अध्यापक ने हुक्म दिया और सोकदे की ओर वे ऐसे बढ़े मानो किसी भी क्षण फिर सख्त पिटाई शुरू कर देंगे। बाद में जो हुआ उसके चलते सोकदे जरूर पल-भर को आकस्मिक आक्रमण से हक्का-बक्का रह गया होगा। वह भद्दे ढंग से डेस्क

पर चढ़ गया, चाबुक से हाँके जाने वाले वहशी पशु की भाँति, अपने हाथों को उठाए और घुटनों पर झुके हुए।

जब मैंने सोकदे को ऐसा देखा तो मुझे एक अन्य अनूठा अनुभव हुआ। पुराना सोकदे डील-डौल और कद में ज्यादातर अध्यापक के बराबर ही प्रतीत हुआ। अगर उन्हें अलग-अलग करके सोचें तो अवश्य महसूस करेंगे कि सोकदे अधिक बड़ा था। लेकिन उस दिन अध्यापक के चबूतरे पर सोकदे की घुटनों पर झुकी तस्वीर अचानक ही तुच्छ हो गई थी। कल तक का हमारा बड़ा और स्वस्थ मॉनीटर बिना किसी अवशेष के मिट चुका था, और अब वहाँ हमारी तरह एक साधारण लड़का था-अशोभनीय मार खाता हुआ। तुलना करें तो अध्यापक सहसा दुगुना कद और डील-डौल अर्जित करते प्रतीत हुए। और लगता था कि वह किसी सर्वज्ञ दानव की तरह नीचे ही नीचे हमें देखते हुए खड़ा था। यह भी निःसंदेह एक अनुमान मात्र था। पर मैं सोचता हूँ कि सभी लड़कों ने समान महसूस किया था, और जहाँ तक मैं जानता हूँ यह सब अध्यापक के मस्तिष्क में शायद शुरू से ही था।

''बाक वोनहा, ह्वांग योंगसू, ली छिग्यू, किम मुनसे...''

अध्यापक ने 6 लड़कों के नाम पुकारे। ये कक्षा के सर्वोत्तम विद्यार्थी थे, वही जिन्होंने बारी-बारी सोकदे की परीक्षा दी थी। फक पड़े चेहरों के साथ वे संकोच के साथ संघर्ष करते हुए अध्यापक के चबूतरे की ओर गए। अध्यापक की आवाज थोड़ी कोमल थी।

''मुझे पता है कि पिछले महीने की परीक्षा के दौरान तुम लड़कों ने अपने नाम मिटाकर दूसरा नाम लिखा था। तो क्या किया जाए? क्या तुमसे बुलवाने के लिए पिटाई की जाए? या यदि मैं भलमनसी से पूछूँ तो तुम सीधा जवाब दोगे? कौन था वह, किसने अपने साथ ग्रेड बदलने के लिए कहा?''

अभी अध्यापक ने अपने सवाल बिलकुल खत्म नहीं किए थे। सोकदे की अब तक आधी मुँदी और विचलित आँखें अचानक उठीं और उन्होंने डरावना प्रकाश प्रकट किया। उसके कंधे जो उसकी उठी हुई बाँहों के कारण लटके हुए थे, अब सीधे और कड़े थे। जब लड़कों ने वह देखा तो पीछे हट गए। लेकिन बहाव अब तक मोड़ ले चुका था। लड़के सोकदे की कमजोरी देख चुके थे। इसलिए उन्होंने बिना किसी झिझक के ताकतवर अध्यापक को चुन लिया था।

''ओम सोकदे!'' लड़के एक स्वर में चीखे और तुरंत सोकदे ने अपनी आँखें मूंद लीं मानो वह पीड़ा में हो। सोकदे के होंठ चाहे साफ तौर पर सख्ती

से बंद थे तो भी मुझे लगा कि कहीं बहुत भीतर से आ रही कराहने की आवाज सुन रहा था।

"खूब। अब ठीक है। तुम ऐसा कैसे कर सके ? हम शुरुआत ह्वांग योंगसू से करते हैं।"

अध्यापक ने और एक डिग्री ज्यादा भद्र आवाज में कहा मानो वे फुसला रहे थे। लगा कि छड़ी को नीचे किए वे कह रहे थे कि वह उन्हें माफ कर सकते हैं यदि वे उन्हें सीधा उत्तर दे दें। इस पर अपनी आशाओं को टिकाकर, सोकदे के वहाँ होने की लगभग पूरी उपेक्षा करते हुए, विद्यार्थियों ने अपने-अपने कारण बताने शुरू किए। कुछ बातें, जैसे मैं डरता था कि वह चोट पहुँचाएगा, या वह बिना किसी वजह के हमें सजा देता था, या हमारे खेलों से मुझे बाहर रखा जाना मैं नहीं चाहता था, ऐसी ही बातें जो खुद मैं अनुभव कर चुका था।

"ठीक है। और उस दौरान तुमने कैसा महसूस किया ?" अध्यापक ने पूछा।

इस बार भी विद्यार्थियों ने सारी बातें कह दीं। आधों ने कहा कि वे गलत थे और उन्हें अपराधबोध हुआ। आधों ने कहा कि वे भयभीत थे कि अध्यापक पता लगा लेंगे। लेकिन जो गहराई मैं नहीं नाप सका वह खुद अध्यापक थे। जैसे ही आखिरी विद्यार्थी ने अपनी बात खत्म की, उनका चेहरा कठोर हो उठा।

"क्या यह तथ्य है ?" मानो उपहास में उन्होंने उगला। उसके बाद छहों विद्यार्थियों की ओर घूरते हुए वे इतने जोर की आवाज में चीखे कि वह हमारे हिचककर पीछे हटने के लिए काफी थी, "तुम सब, चबूतरे पर सीधे खड़े हो जाओ।"

उसके बाद उन्होंने हर विद्यार्थी को 10 चाँटों के हिसाब से पीटना शुरू किया। विद्यार्थियों के दो या तीन बार फर्श पर गिरने के लिए उस पिटाई की कठोरता काफी थी। जब पिटाई खत्म हुई तो सुबकने की आवाज से कक्षा कुछ देर के लिए शोर-शराबे से भर गई थी।

"अपने पंजों पर खड़े हो जाओ, तुम सब!"

अंततः सुबकना खत्म हुआ। छहों विद्यार्थियों को पंजों पर खड़ा कर अध्यापक ने अपनी आवाज में गुस्से को मुश्किल से दबाकर उनसे कहा—

"अगर किसी भी तरह संभव होता तो मैं तुम पर हाथ तक नहीं छोड़ना चाहता था। परीक्षा-पत्रों के बदले जाने को माफ किया जा सकता था क्योंकि तुम सब पर सोकदे का दबाव था। लेकिन जब मैंने सुना कि तुमने इस दौरान कैसा महसूस किया तो मैं बर्दाश्त नहीं कर सका। जो तुम्हारे लिए न्यायसंगत था

वह तुमसे छीन लिया गया था और तुम्हें गुस्सा तक नहीं आया। तुम अन्यायपूर्ण ताकत के सामने झुक गए और तुम्हें शर्म तक नहीं आई। और कक्षा के सर्वश्रेष्ठ विद्यार्थी भी...। अगर तुम ऐसे ही जीते रहे तो भविष्य में जो दर्द तुम सहोगे वह इतना बड़ा होगा कि जो पिटाई तुमने आज मुझसे खाई है वह तुलना में कुछ भी नहीं होगी। बड़े होकर तुम कैसी दुनिया रचोगे इसकी कल्पना करना भी बहुत ही भयावह है। चबूतरे पर घुटनों के बल झुक जाओ, अपने पंजों पर, हाथ ऊपर और खुद पर एक बार फिर चिंतन करो।''

सोचता हूँ कि शायद अध्यापक हमें वह सिखाने की कोशिश कर रहे थे जो बहुत ही कठिन था। हम से किसी ने उनके असल आशय को नहीं समझा था। सच में तो, तीस साल के बाद, हमसे से कुछ तो अब भी नहीं समझे हैं।

आखिर जब अध्यापक शेष हम सबकी ओर मुड़े तो अपने चेहरों को आँसुओं से भरे वे छहों विद्यार्थी चबूतरे पर साथ-साथ झुक रहे थे।

''अब तक जो कुछ भी हम पता लगा पाए हैं वह यह कि सोकदे और इन लड़कों ने उत्तर-पुस्तिकाओं की अदला-बदली की थी और उचित अंकों की राह में (ग्रेडिंग) बाधा बने थे। पर वही पर्याप्त नहीं था। अगर अपनी कक्षा को फिर बनाना है तो साफ-सफाए की शुरुआत हमें अतीत के बुरे दिनों से करनी होगी। मैं सोचता हूँ कि सोकदे और बहुत सी करतूतों का दोषी है। अब मैं चाहता हूँ कि पहले विद्यार्थी से शुरू करके बारी-बारी से तुम सभी सोकदे की वे सब बुरी करतूतें बताओ जिन्हें तुम जानते हो अथवा जिन्हें तुमने सोकदे के हाथों भोगा है।''

इस बार भी उन्होंने कोमलता से बात शुरू की थी। लेकिन आवाज में पैनापन (तीखापन) फिर लौट आया था जब उन्होंने सोकदे की खुली और घूरती आँखों के सामने हर किसी को पीछे हटते और झिझकते देखा था।

''मैंने तुम्हारी 5 वीं कक्षा के अध्यापक से वह सब सुना है जो गए साल हुआ था। उन्होंने बताया कि सोकदे की किसी भी बुरी करतूत के बारे में किसी ने भी नहीं लिखा था। इसलिए उन्होंने मान लिया कि कक्षा में कोई समस्या नहीं थी और सोकदे के प्रति उनका विश्वास ज़ारी रहा। आज मेरे लिए भी समान है। अब जबकि उत्तर पुस्तिकाओं की अदला-बदली की सजा वाली वारदात खत्म हो गई है, यदि तुम सोकदे की दूसरी बुरी करतूतों के बारे में नहीं बताते तो सोकदे के पास जो पहले से रहा है वह सब फिर एक बार उसे सौंपना होगा। क्या तुम यही चाहते हो? बोलो!...पहले नम्बर से शुरू करके।''

इसका तुरंत असर हुआ। दरअसल विद्यार्थी उतने नाकारा नहीं थे जितना मैंने सोचा था। उन्हें अपनी शक्ति को बस एकजुट करना नहीं आता था। लेकिन उन्होंने जिस दहकते हुए गुस्से और अपमान को अपने हृदयों में महसूस किया था वह सोकदे का विरोध करते समय हुए लगभग मेरे अनुभव जैसा था। अब जबकि सुधार उनके द्वार पर आ पहुँचा था और पीछे हटने की धमकी दे चुका था, उनके प्रबल अंदेशे ने भी उन्हें सुधार के लिए साथ देने का साहस प्रदान किया था।

''सोकदे को मैंने अपना पेंसिल पैनी करने वाला शार्पनर उधार दिया था लेकिन उसने नहीं लौटाया। जब प्रतिबंध सप्ताह नहीं था, तो उसने मुझसे संगमरमर लिया था...''

जब पहले लड़के ने अपना मुँह खोला, तो दूसरे, तीसरे ने वह सब बताना शुरू किया जो वे जानते थे। सोकदे के दुराचार बाँध से गिरते पानी की तरह निकलते गए। कुछ यौन संबंधी दुराचार भी थे जैसे लड़कियों को अपने स्कर्ट ऊपर करने के लिए बाध्य करना अथवा उनके हाथों में साबुन लगाना और हस्तमैथुन कराना। इसके अतिरिक्त आर्थिक शोषण भी किया था जैसे दुकानदारों के बच्चों से हफ्ते में इतना देने को बाध्य करना, किसानों के बच्चों को फल और अनाज लाने को बाध्य करना और टॉफी (इसे चीनी के साथ नहीं बनाया जाता लेकिन स्वाद में मीठी होती है।) के बदले फेरीवालों के बच्चों को लोहे का सामान लाने के लिए बाध्य करना। (बीसवीं शताब्दी के छठे-सातवें दशक में धातु बहुत विरल थी सो टॉफी वाले शहरों में जाकर धातु के बदले में टॉफी देते थे)। इसके अतिरिक्त भी बातें थीं जैसे 100 वॉन (कोरियाई मुद्रा; आजकल यह मुद्रा प्रयोग में नहीं है) में किसी विद्यार्थी को सेक्शन का प्रधान बनाना, अथवा पर्यावरण-परियोजना सफाई के लिए आवश्यक वस्तुएँ खरीदने के नाम पर धन इकट्ठा करना और उसमें से एक हिस्सा अपने लिए मार लेना। और पिछले वर्ष एक पूरे सत्र में उसने बिना खुद को सीधे-सीधे सम्मिलित किए मेरे साथ कैसा व्यवहार किया वह भी सामने आया।

विद्यार्थियों की दोषारोपण की प्रवृत्ति एक आसाधारण बात थी। पहले तो अपनी बातों को रुक-रुककर सिर्फ अध्यापक की ओर देखते हुए प्रकट किया, लेकिन जैसे ही एक ने दूसरे का अनुसरण किया, उनकी आवाज क्रमशः उच्चतर हो गई। उनकी आँखें अधिक चमकना शुरू हो गईं और बोलते समय उन्होंने सोकदे की आँखों में सीधे-सीधे देखना शुरू कर दिया था। और वे अपने

कहे में 'इम्मा' और सेकी (कोरियाई अपशब्द) पर उतर आए थे। यह एक ऐसी भाषा थी जिसे पहले बोलने की वे हिम्मत तक नहीं कर सकते थे। अंततः अध्यापक के समक्ष महज दोषारोपण की बजाय उन्होंने सोकदे से सीधे-सीधे टक्कर लेना शुरू कर दिया था।

आखिर में मेरी बारी आई, नम्बर उनतालीस...

''मुझे सच में कुछ नहीं पता।'' अध्यापक की ओर सीधा देखते हुए मैंने कहा। कक्षा तुरंत सन्न रह गई। लेकिन क्षण-भर बाद अध्यापक नहीं सहपाठी मुझ पर टूट पड़े।

''क्या तुम्हें सचमुच नहीं मालूम।''

''सेकी! सोकदे का चूस...!''

''क्या तुममें साहस नहीं है?''

लड़कों ने मुझे गाली देना शुरू कर दिया था और यदि अध्यापक वहाँ नहीं होते तो लगा कि वे मुझ पर टूट ही पड़ते। उनके हत्यारे इरादे के सामने, उनके आक्रमण की रात वाली बुरी आत्मा की ताकत के सामने मैं पीछे हट गया, लेकिन मैं अपनी बात पर अडिग रहा।

''मैं सच में नहीं जानता। मुझे यहाँ आए भी बहुत समय नहीं हुआ है...''

मैंने उनकी दिशा में नहीं देखा। मैंने सिर्फ अध्यापक की ओर देखा और जो कहा था उसे दोहराया, जिस पर उन्होंने मुझे और भी रूखेपन से डाँटना शुरू कर दिया। अध्यापक ने, जो मुझे चुपचाप रहस्यमय भाव से देख रहे थे, दूसरों को शांत कर दिया।

''ठीक है,'' उन्होंने कहा। ''अगला नम्बर चालीस!''

सोकदे के बुरे कृत्यों के बारे में, मुझे कुछ नहीं मालूम कहने का मेरा कारण आधी निष्कपटता और आधा हार न मानने वाले भाव का मिश्रण था। चाहे पिछले तीन या चार महीनों से मैं खास तौर पर सोकदे के नजदीक रह चुका था, वह अंतरंग, शर्मनाक चीज़ों को कुछ कारणों से छिपाने की कोशिश कर चुका था। उस पहले सत्र में, उसके हाथों, मैं जो कुछ भुगत चुका था वह सब अप्रत्यक्ष था। मेरे पास कोई प्रमाण नहीं था। और अभी उसमें से बहुत कुछ औरों के द्वारा पहले ही उजागर भी किया जा चुका था। इसके अतिरिक्त, उस साल पाँचवीं श्रेणी में प्राप्त मेरे अपने स्थान ने, सोकदे के हर कोने में छिपे दुराचारों को उजागर करने के प्रयास ने मुझे असामान्य घाटे में ला छोड़ा था। क्योंकि मैं आधे साल सोकदे का एक मात्र विरोधी रहा था और आधे साल उसका दायाँ हाथ, इसलिए

मैं उस किस्म के दोस्त नहीं बना सका था जिनके सामने अपना बोझा खाली किया जा सकता है। परिणामस्वरूप, कहीं भी, चीज़ों के गलत होने का, मेरे पास मात्र धुँधला एहसास था। कक्षा के कोनों में रहस्यमय ढंग से जो कुछ होता रहा था उसको जानने का मेरे पास सच में कोई जरिया नहीं था।

हार न मानने का गर्व या आत्मसम्मान जो मैंने उस दिन महसूस किया था वह सोकदे पर दोषारोपण करने वाले विद्यार्थियों की प्रवृत्ति से मेरे सामने झर गया था। सोकदे के कुकृत्यों को उजागर करने में जो अत्यधिक ईर्ष्यालु और युद्धकारी थे वे मोटे तौर पर दो वर्गों में बाँटे जा सकते थे। लड़कों का एक वर्ग वह था जो सोकदे का पक्ष गंभीरता से चाहता था, लेकिन एक या दूसरे कारण से, उसे प्राप्त करने में असफल रहा था। दूसरे वर्ग में वे थे जो उस सुबह तक सोकदे के पक्ष में रह चुके थे और उसके अत्यधिक दुराचारों में उसके हाथ-पाँव बने हुए थे। चाहे एक आदमी को पश्चाताप करने के लिए अधिक समय लेना जरूरी नहीं होता, ऐसा कहते हैं,...एक कसाई, चाकू फेंककर बुद्ध बन सकता है—तो भी मैं उनके सहसा न्यायसंगत होने के प्रदर्शन का क़ायल नहीं था। आज भी मैं उन लोगों को स्वीकार नहीं करता जो एक धर्म से दूसरे में सहसा परिवर्तित हो जाते हैं, अथवा जो लोग सहसा अपनी विचारधारा बदल लेते हैं, खासकर वे जो दूसरों के सामने प्रलाप और गर्जन करते हैं। वस्तुतः अगर मैं सोकदे पर आक्रमण करना चाहता तो मेरे पास, सच में, गोले-बारूद की कमी नहीं थी, लेकिन उस दिन मैं जो अंत तक खास गर्व या आत्मसम्मान के कारण चुप रहा, अनुमानतः उसका कारण उन विद्यार्थियों के विरुद्ध मेरी प्रतिक्रिया थी। वे मुझे धूर्त और बुनियादी स्वपक्ष त्यागी प्रतीत हुए थे, जिन्होंने सोकदे पर टूटने और उसे गाहने से पहले उसके गिरने की प्रतीक्षा की थी।

नम्बर इकसठ आखिरी था। जब आखिरी नम्बर के 61वें लड़के ने अपना दोषारोपण समाप्त किया तब कक्षा के पहले पीरियड की समाप्ति के लिए घंटी बज गई। लेकिन अध्यापक ने घंटी की उपेक्षा कर दी।

"बहुत अच्छा, मैं इसे भाग्यशाली मानता हूँ कि तुमने अपना साहस पुनः अर्जित कर लिया है। लगता है मानो हम तुम्हें तुम्हारा भविष्य सौंप सकते हैं, और यह एक अच्छा अनुभव है। फिर भी, तुम्हें कीमत तो चुकानी होगी। पहली, तुम्हारी पहले वाली कायरता की कीमत, और दूसरी, तुम सबको आगे की ज़िंदगी के लिए इससे मिली सीख की कीमत। किसी गुमी चीज़ को दोबारा खोज लेना आसान नहीं है। यदि इस बात को तुम अभी नहीं सीख लेते तो

अगली बार ऐसा-कुछ घटने पर तुम बस मेरे जैसे अध्यापक का इंतज़ार ही करोगे। वह कितनी दर्दनाक या कठिन स्थिति है। न तुम उठोगे न उसे ढूँढ़ोगे जो तुमने अपने आप खोया है, तुम तो हमेशा किसी न किसी की प्रतीक्षा करोगे जो उसे तुम्हारे लिए ढूँढ़ दे।''

जब अपनी बात खत्म कर ली तो अध्यापक झाड़ू वाली कोठरी में गए और ओक के हत्थे वाला झाड़न लेकर आए। एक बार फिर चबूतरे के सामने खड़े हुए और धीमी आवाज में आज्ञा दी—

''पहले नम्बर से लेकर बारी-बारी से आओ। एक बार में एक।''

उस दिन हमसे हरेक ने पाँच चाँटे खाए। पहले के विद्यार्थियों की तरह हमने बहुत सख्त पिटाई खाई, और एक बार फिर कक्षा का कमरा आँसुओं का समुद्र बन गया था।

''सो, अब तुम्हारा अध्यापक, वह सब कर चुका है जो वह कर सकता था। अपने-अपने स्थान पर जाओ। ओम सोकदे भी। मैं चाहता हूँ कि तुम आपस में चर्चा करो कि कहीं भी अपनी कक्षा को कैसे सर्वश्रेष्ठ बना सकते हो। तुम सभा करना (meeting) पहले ही सीख चुके हो, और तुम न्याय-प्रक्रिया के बारे में भी जानते हो, और मत देने के बारे में भी। अब से मैं सिर्फ बैठूँगा और निगाह रखूँगा,'' पीटने के बाद बहुत थके दीखते अध्यापक ने कहा। वे कक्षा के कोने में रखी अध्यापक वाली कुर्सी पर जाकर बैठ गए। उन्हें रूमाल निकालकर अपने माथे के पसीने को पोंछता देखकर कोई भी बता सकता था कि हमने कितनी कठोर पिटाई खाई होगी।

मैं सोचता था कि यहाँ विद्यार्थी कक्षा की परिषद् का संचालन जानते ही नहीं थे या भूल चुके थे, लेकिन अब जबकि उनके पास अवसर था, ऐसा बिलकुल नहीं था। माहौल थोड़ा अजीब था, और वे, जो कुछ उन्होंने किया था उसके कारण थोड़े कष्ट में थे, लेकिन सोल के बच्चों की अपनी तरह से नकल करना उन्हें आता था। शब्दों के लिए उनकी हकलाहट क्षणजीवी थी। उन्होंने जल्दी ही अपना आत्मविश्वास फिर पा लिया था। उन्होंने प्रस्ताव किए, अनुमोदन किए, समर्थन किया और मतदान किया। सबसे पहले उन्होंने अंतरिम प्रबंध समिति के गठन का निर्णय लिया जो नई परिषद् समिति बनाने वाले अधिकारियों को चुनने के लिए चुनाव का निरीक्षण करेगी।

मैंने अनुभव किया कि यह कदाचित कुछ विलम्ब से हुआ, लेकिन सोकदे के पतन को क्रांतिकारी कहने का मेरा कारण यह स्पष्ट करता है, चाहे

इस संबंध में कुछ भी बहुत क्रांतिकारी न रहा हो। भले ही सोकदे की पुरानी व्यवस्था को नष्ट करने के लिए हम अपनी ताकत और इच्छा के लिए अपने अध्यापक के ऋणी थे, लेकिन नई व्यवस्था का सृजन, निःसंदेह हमारी अपनी ताकत और इच्छा का परिणाम था। मैंने क्रांति शब्द का प्रयोग पारिभाषिक शब्द की हर प्रकार से मामूली योग्यताओं के साथ किया था। अपने अध्यापक की जड़ तक गहरी चिंता का आदर चाहते हुए, जिसने उन्हें, जहाँ तक हो सके, हमें दिनभर की हमारी स्वस्फूर्त चाहत और योग्यता से प्राप्त, घटनाओं को याद रखने की कोशिश के लिए मुस्तैद किया था।

किम मुनसे, कक्षा का उप मॉनीटर, हाथ उठाकर, अंतरिम अध्यक्ष के रूप में चुन लिया गया, और उसने प्रस्ताव रखा कि बिना चुनाव के झंझट के, मतदान की देख-रेख और उसके रिकार्ड के लिए हम एक अंतरिम समिति चुन लें। उसने सुझाया कि पाँच अलग-अलग चुनाव करने के बजाय हम एक अंक चुन लें और कक्षा के जिन सदस्यों का नम्बर उस अंक से समाप्त होता हो उन्हें वह काम सौंप दें। विद्यार्थियों ने उसे मान लिया और हाथ उठाकर अंक 5 से समाप्त होने वाली कक्षा-संख्या वाले 5 विद्यार्थियों को अंतरिम समिति के सदस्य बनाने का निर्णय ले लिया गया।

दो घंटों तक चुनाव हुआ। पहले सिर्फ एक मॉनीटर, उप मानीटर और कोषाध्यक्ष चुनाव के द्वारा चुने गए थे। लेकिन इस बार परिषद् के विभिन्न उप अनुभागों के पाँच कक्षा-प्रतिनिधि बल्कि कक्षा-अनुभागों के प्रधान भी चुनाव के द्वारा चुने गए। हमारी कक्षा को भ्रम में डालते हुए यह एक 'हर कुछ के लिए चुनाव' की प्रवृत्ति की शुरुआत थी जो थोड़े समय के लिए बनी रही। मॉनीटर के लिए मतों की गिनती प्रायः समाप्त हो गई थी। चुनाव के लिए कोई भी नामांकन नहीं हुआ था। परिणामस्वरूप पटल (बोर्ड) पर लगभग आधी कक्षा के नाम लिखे थे। मतों की दृष्टि से कमोबेश उतने ही। कक्षा के पिछले दरवाजे को खींचकर खोलने की आवाज आई। तमाम आँखें ब्लैक बोर्ड (काले पटल) पर मोटे अक्षरों में अंकित चुनाव आँकड़ों पर लगी थीं। इधर-उधर देखने पर हमने सोकदे को दरवाजे से बाहर की ओर जाते देखा। वह रुका और हमारी ओर डरावनी आँखों से घूरा।

"जो चाहे करो, सेकी (अपशब्द)!" वह चीखा।

उसके बाद वह बाहर गलियारे में तेजी से दौड़ा और पलायन कर गया। हम क्या कर रहे थे, इस पर निगाह रखने में व्यस्त अध्यापक पल-भर के लिए

ओम सोकदे को भूल चुके थे। उन्होंने सोकदे का नाम पुकारा और जल्दी से उसका पीछा किया, लेकिन वे उसे पकड़ने में नाकामयाब रहे।

इस सहसा घटी घटना पर विद्यार्थी क्षण-भर को ठिठक गए। लेकिन मतों की गिनती फिर शुरू हुई और जल्दी ही परिणाम सामने था। किम मुनसे 16, बाक वोन्हा 13, ह्वांग योंगसू 11, प्रत्येक विद्यार्थी को 5, 4 और 3, पाँच या छह विद्यार्थियों को एक वोट और दो अवैध मत, कुल मिलाकर इकसठ मत।

सोकदे को एक भी मत नहीं मिला था। संभवत: निश्चित होती गिनती से होने वाले अपमान की प्रतीक्षा को बर्दाश्त न करने के कारण सोकदे भाग गया था। फिर भी वह उस अपमानजनक क्षण से मात्र भाग नहीं रहा था। उसके बाद से वह कभी स्कूल या हमारे पास वापस नहीं आया।

चाहे यह परेशान करने वाला हो, मैं अवैध मतों के पीछे के सत्य को उजागर करना चाहूँगा। उनमें से एक नि:संदेह सोकदे का अपना मत था और दूसरा मेरा अपना। मेरा मत क्रांति के विरुद्ध महज साधारण प्रतिक्रिया नहीं था। और यह सोकदे की ढह गई व्यवस्था के साथ की इच्छा से भी प्रेरित नहीं था। न ही यह खो गई ताकत के विछोह-राग का प्रश्न था। अध्यापक के द्वारा प्रज्वलित आग से जन्मा क्रांति का जोश धीरे-धीरे मुझ तक फैल रहा था, और मुझे नई कक्षा की अपेक्षाएँ थीं जिसे हम बनाएँगे, जो दूसरों की अपेक्षाओं के समक्ष होगी।

तो भी, कक्षा को निर्देश देने के लिए, प्रधान चुनने के असल पल में मैंने खुद को अचानक उलझन में पाया। बाकियों से पढ़ाई, लड़ाई या दूसरी निपुणता में और कोई विद्यार्थी बेहतर नहीं था जिसे सोकदे के प्रति हुई आलोचना से मुक्त किया जा सकता। सभी श्रेष्ठ विद्यार्थियों ने या तो उसकी परीक्षा देकर अध्यापक का विश्वास और पक्ष चुराने में सोकदे की मदद की थी या उसके अन्यायपूर्ण आदेश द्वारा कक्षा को बेहरमी से भयभीत करने में वे सोकदे के दाएँ हाथ रह चुके थे। जब मैं सोकदे के प्रति मुश्किल विरोध में अकेला खड़ा था, ये वही थे जिन्होंने मुझे कठोरतम घड़ियाँ दी थीं। और जिसके कारण, सहसा पलटकर मैं सोकदे का सबसे नजदीकी हो गया था। वे सबसे ज्यादा ईर्ष्यालु और डाही थे।

साथ ही इस समय, मैं मूर्खों को आगे नहीं कर सकता था जो चाहे छठे ग्रेड के थे, अपनी पहाड़ों की तालिका नहीं सुना सकते थे। न ही बतंगड़ियों को आगे कर सकता था जो लड़ाई के शुरू होने से पहले ही रोने लगते थे और जो सामने

खड़े नाटों से भी तिरस्कृत थे। और मैं खुद को भी आगे नहीं कर सकता था—उस सुबह तक, सोकदे की विशेष तरफ़दारी की गारंटी से मैं संतुष्ट रह रहा था। इसलिए मेरा मत, मेरे होशोहवास में, वस्तुतः एक अवैध मत के रूप में, छलपूर्वक तटस्थ रहना था। मेरा अभागा नाशवाद, जो सुधार को, आशावादी तरीके से, झटपट नहीं देख सका था, शायद उस दिन से अंकुरित होना शुरू हो गया था।

फिर भी, मेरी निजी अनुभूतियाँ जो भी रही हों, उस दिन चुनाव अबाध रूप से हुए, और आत्म-संकल्प के प्रति आग्रह में हम इतने पक्के थे कि अनुभागीय प्रधान, उनके अनुभागीय सदस्यों के द्वारा, एकांत रूप से चुने गए। हमें नियंत्रित करने वाले नियमों का अधिकांश बदल दिया गया था। हर कुछ बहस और मत से निर्णीत होता—इसने सोल की मेरी स्मृतियों को लज्जित किया। परिणामस्वरूप, वह पूरी बाध्यता जो स्कूल या अध्यापक के द्वारा अग्रसित नहीं हुई थी, नष्ट हो गई। सोकदे के पीछे हटने के थोड़ी देर बाद अप्रैल 19 की क्रांति हुई। लेकिन मैं यह जताने का साहस नहीं करूँगा कि इसका हमारे जैसे युवाओं पर कोई प्रभाव पड़ा था।

निश्चित रूप से, हमें क्रांति के साथ आने वाली उलझन और थकावट थी। और इन प्रभावों की सामान्य उपस्थिति से एकदम अलग हमने बाद के बहुत से महीनों तक, भीतरी और बाहरी तौर पर, उस क्रांति का प्रारंभ या अंत प्राप्त न करने की स्थिति में, एक बड़ी कीमत चुकाई थी।

कक्षा-कक्ष में उलझन और थकान का सबसे बड़ा कारण थी हमारी भ्रष्ट चेतना। अध्यापक से उत्साहित और जीत की अपार भावना से संचालित एक समूह ने खुद को बलपूर्वक आगे बढ़ाया जबकि सोकदे की दमनकारी व्यवस्था के प्रति कम जागरूक दूसरे विद्यार्थी हिचकिचा रहे थे। परिषद् के विद्यार्थी भी बस समान थे। बड़ों के शब्दों में कहूँ तो प्रजातंत्र के भले काम के प्रति ज्यादा समर्पित उनमें से कुछ भ्रमित होकर, भ्रमित बहुमत के साथ इधर-उधर दौड़े थे। सोकदे की आधिपत्यवादी परंपरा को रद्द न कर पाने वाले दूसरों ने मन ही मन थोड़े कम सोकदे होने के सपने लिए थे। साथ ही, एक नई सुझाव-पेटी रखी गई जिसने नागरिक शिकायत जनसभा के रूप में अपना कार्य उचित ढंग से नहीं निभाया, पर सूचना और योजनाओं के स्रोत के रूप में निभाया जिससे एक सप्ताह में एक परिषद्-सदस्य बदला गया।

स्कूल के बाहर हमें सबसे ज्यादा परेशान करने वाला, सोकदे का बदला था, जो अवर्णनीय रूप से ढीठ और क्रूर था। सोकदे के छोड़ जाने के लगभग

एक महीने के बाद तक कक्षा का एक कोना हर दिन खाली रहा था। सोकदे ने, आने-जाने के कुछ ठिकाने अवरुद्ध किए थे और उस क्षेत्र के विद्यार्थी स्कूल में नहीं आ सके थे। विद्यार्थियों ने जो चोट भुगती थी वह स्कूल में दिन की ग़ैरहाजिरी तक सीमित नहीं थी। वह उन्हें घसीटकर किसी सुनसान जगह पर ले गया था और आधे दिन तक उनसे उसके प्रति विश्वासघात की कीमत वसूली थी। और यदि उतनी दूर नहीं जा सका तो उसने तेज चाकू से उनके बस्ते काट डाले और किताबों तथा लंच-बॉक्स समेत उन्हें गंदे पानी के गड्ढे में फेंक दिया। बदला इतना अविकल और अटल था कि विद्यार्थियों ने, अंतत: सोकदे को बाहर करने का, प्रकट रूप से, पश्चाताप किया।

तो भी, जैसे-जैसे समय गुजरा, भीतरी और बाहरी चुनौतियों को क्रमश: स्वीकार किया।

जिससे सबसे पहले निपटना था, वह सोकदे था। समस्या के समाधान के लिए अध्यापक का तरीका अपेक्षाकृत विशेष था। कुछ कारणों से, सोकदे के कारण स्कूल में अनुपस्थित रहे विद्यार्थियों के साथ, अध्यापक ने पिटाई और गुस्से से अधिक कठोरता से काम लिया, भले ही, सच में तो मामला उनके नियंत्रण से बाहर का था।

"तुम पाँचों पूरे दिन के लिए महज एक लड़के के द्वारा जबरदस्ती रोक लिए गए, बेवकूफो!" वे चिल्लाए थे, अथवा "क्या तुम्हारे दोनों हाथ बँधे थे? जोकरो!" वे चीखे थे, और उसके बाद अचानक बदले हुए आदमी प्रतीत होते हुए उन्होंने उन्हें बेरहमी से पीटा। हमें समझ नहीं आया, लेकिन जल्दी ही असर साफ था। आखिरकार, पशु बाजार के विशेष रूप से मजबूत पाँच विद्यार्थी सोकदे से भिड़ गए। सोकदे पहले से ज्यादा भयावह था, लेकिन लड़कों ने उस पर धावा बोल दिया मानो उनका जीवन इसी बात पर निर्भर था, और अंत में, उन पाँचों से निपटना भारी देख सोकदे वहाँ से रफूचक्कर हो गया। अध्यापक ने, उन लड़कों को हम सबके सामने प्रस्तुत करते हुए, हमें ईर्ष्यालु बनाते हुए, उन्हें साहस के लिए केनेडी की रूपरेखा की प्रति, जो उन दिनों बहुत लोकप्रिय थी, देकर उनको बड़ी शाबाशी दी। अगले दिन यही सब मीछंग (चावल-भंडार) के विद्यार्थियों के संदर्भ में घटा। इसके बाद सोकदे फिर हमारे सामने कभी नहीं दिखा।

तुलनात्मक दृष्टि से, हमारी आंतरिक भ्रांति के प्रति अध्यापक का रवैया काफी अलग था। अध्यापक को कोई फर्क नहीं पड़ा कि कक्षा कितने शोरगुल

से भर गई थी, या गलतफहमी अथवा विभाजित सोच के कारण कितनी भ्रांत थी। इस सबकी अध्यापक ने पूरी तरह उपेक्षा कर दी थी। जब शनिवार की दोपहर को तीन या चार घंटों के लिए परिषद् की सभा ने कुश्ती लड़ी, अथवा जब मॉनीटर या उप मॉनीटर को, सुझाव पेटी में किसी नगण्य अपराध की गुप्त सूचना से हुई किसी नई गड़बड़ के कारण, महीने में एक बार बदला गया, उन्होंने कभी सलाह का एक शब्द भी नहीं दिया। बस चुपचाप देखते रहे।

इस सबके परिणामस्वरूप, कक्षा के सामान्य होने में लगभग पूरा सत्र बीत गया। गर्मियों की छुट्टियाँ खत्म हुईं तो मध्य स्कूल प्रवेश परीक्षा तीन या चार महीने आगे धुँधलाती नज़र आई। और इसने विद्यार्थियों को पूरी तरह व्यस्त कर दिया जो अन्यथा इन बातों की चर्चा में जुटे रह सकते थे। यह एक कारण था। लेकिन सोचता हूँ, अधिक महत्त्वपूर्ण कारण था अनुभव की सीख जिसने हममें आत्मनियंत्रण को पुष्ट किया था। कहासुनी, जूँ पकड़ प्रवृत्ति, भिड़ंत और छटपटाहट से भरे उन पाँच या छह महीनों में हमने अपने लिए अनुशासन का अर्थ सीख लिया था। तो भी, इस दौरान हम पर निगाहें रखे हुए अपने अध्यापक के गहरे, आंतरिक अर्थ को समझने के योग्य बनने से पहले हमें और बहुत सा समय गुजारना था।

जब कक्षा अपने सामान्य रूप में लौटी तो मेरी तुड़ी-मुड़ी चेतना भी धीरे-धीरे अपने पूर्व रूप में लौटी। बड़ों की शब्दावली में कहूँ तो जब मैंने नए मॉनीटर के चुनाव में वह अनुपस्थिति का मत डाला था, मेरी नागरिक जागरूकता ने, जो सपाट हो गई थी, जल्दी ही आत्मविश्वास और उम्मीद को पुनः प्राप्त कर लिया था। और अंत में आज़ादी और विवेकशीलता में मेरा विश्वास पुनर्जीवित हो गया था। समय-समय पर, जब जो कुछ मैंने सुना, एक राय निर्दोष प्रतीत हुई, और मैंने उन विद्यार्थियों को देखा जिन्हें एकदम तुच्छ चीज़ को लेकर अंतहीन शंकाओं के साथ, सार्वजनिक रूप से और और चिल्लाना पसंद था। अथवा जब एक परियोजना को केंद्रित प्रयासों की दरकार होती और मैं विभिन्न कारणों से विद्यार्थियों को उसमें भाग लेते नहीं देखता जिसके परिणामस्वरूप हमारी कक्षा अन्य कक्षाओं से पीछे हो गई तो मेरे दिमाग में सोकदे के आदेश की सुविधा और उपयोगिता आती। ललक, निषेध करने से ज़्यादा बड़ी थी, लेकिन वह ललक से ज्यादा और कुछ नहीं थी।

मीछंग (चावल-भंडार) के विद्यार्थियों के साथ हुई लड़ाई के बाद सोकदे गायब हो गया था। हमारे बीच से ही नहीं बल्कि कस्बे से ही। कुछ देर बाद मैंने सुना कि वह सोल में अपनी माँ के पास चला गया है। अपना पति जल्दी खो देने के बाद उसने सोकदे को उसके दादा-दादी के पास छोड़कर दूसरा विवाह कर लिया था।

उसके बाद मेरा अपना जीवन आपाधापी वाला हो गया था। स्कूल और माता-पिता के प्रचंड पढ़ाई के आग्रहों से उत्पीड़ित, मैं नहीं जानता कि शेष सत्र मैंने कैसे बिताया था। प्रचंड पढ़ाई की मदद से मैंने एक शालीन स्कूल में जाने की युक्ति कर ली थी, और अगले दस वर्ष प्रतियोगिता और परीक्षाओं में गुजारे। तद्नुसार, सोकदे की याद, जो कुछ समय के लिए साफ तौर पर रही थी, क्रमशः मंद होती गई, और बहुत मुश्किल से उत्तम स्कूल और कॉलिज में होते हुए जब मैं अंततः दुनियादारी में चला आया था तो वह याद, एक ऐसी चीज जो एक छोटे बुरे सपने में अचानक दिखी और ओझल हो गई, एक अर्थहीन छाया से अधिक कुछ नहीं रह गई थी। फिर भी मैं सोकदे को महज अपने जीवन की लदान और कठिनाई के कारण नहीं भूला था। मुद्दे की बात कहूँ तो अपने मस्तिष्क में उस समय को याद करने के लिए मेरे माहौल में इस समय ऐसा कुछ नहीं था। प्रथम श्रेणी के स्कूलों और आदर्श विद्यार्थियों की रंगभूमि पर विकसित होते हुए, मुझे मूल्यों के उस किस्म के दमन या हरण का अनुभव नहीं करना पड़ा। योग्यता और प्रयत्न, खासकर मानसिक योग्यता और विद्वत्तापूर्ण जिज्ञासा, अब निर्णायक कारण थे। और ऐसे रास्तों से गुजरते हुए जहाँ स्वायतता और बुद्धिमत्ता नियंत्रण में थे, सोकदे अब भी अन्याय की मूरत में दफ़न रहा।

और इस प्रकार अगली बार, सेना की मेरी सेवा के बाद, जब मैं कोई दस वर्ष ज़िंदगी में गुलछर्रे उड़ा चुका था, सोकदे मेरी चेतना की सतह पर आना शुरू हुआ था। पहले पहल, प्रथम श्रेणी के स्कूल की आवश्यक उपज की तरह मैं एक बड़े समूह से जुड़ गया था। दो साल बाद, रेत पर बने महल जैसा अनुभव करते हुए, मैंने इसे छोड़ दिया और फिर शुरुआत की, इस बार उच्च श्रेणी की बिक्री (सेल्स) में। एक ऐसे समूह में काम करके, जहाँ कार्य में स्वतंत्रता न हो, प्रबंधन अनेक विरोधाभासों से भरा हो और जहाँ आगे बढ़ने की प्रक्रिया अन्यायपूर्ण हो, अपनी जवानी और प्रतिभा को नष्ट नहीं करना चाहता था। विक्रेता-युग के जल्दी आगमन का स्वप्न लेते हुए, मैंने लगभग तीन वर्ष बिताए। इस दौरान मैंने देश के बड़े समूहों के हर प्रकार की बेईमानी और बढ़ा-चढ़ाकर बनाए गए

विज्ञापनों से मदद लिए हुए उत्पादनों को ईर्ष्या के साथ बेचा। दवाई, बीमा और कार के अतिरिक्त हिस्सों के सूची-पत्रों को एक थैले में लिए जैसे-जैसे मैं इधर-उधर दौड़ता रहा, 70 का परवर्ती आधा भाग और मेरी जवानी साथ-साथ गुजर गई। जब तक मैंने यह पाया कि इस देश में विक्रेता बस एक ग्राहक है, अथवा एक बड़े समूह के द्वारा निर्मित, अधिक से अधिक दो साल के जीवन की समाप्ति वाला एक प्रयोग में लाकर फेंक देने वाला उत्पादन है, तब तक मैं, अपने मध्य तीस और एक परिवार का, दुःखी पिता हो चुका था।

इस मुकाम पर चारों ओर देखकर मैं सदमे में था। वे बड़े समूह जिन्हें मैं रेत पर बने महल के रूप में महसूस कर चुका था, लगातार फलने-फूलने लगे थे। मेरे पुराने साथियों की, जो वहाँ टिके रह गए थे, अनुभाग-मुखिया और विभाग मुखिया के पदों पर पर पदोन्नति की जा रही थी। उनके चेहरे सफलता से चमक रहे थे। मेरे स्कूल के समकालीनों में से एक ने जमीन-जायदाद पर हाथ आजमाया था और मात्र लीज से वह गोल्फ-क्लबों में नियमित हो चुका था। मेरे एक दोस्त ने दीवार में छेद किस्म की एक एजेंसी खोली थी और कुछ उत्पादन, बिना यह जाने कि वे क्या हैं, बेचकर ढेरों पैसा बना लिया था और अब हर ओर अकड़कर चलता था। एक दूसरा समकालीन, जिसके बारे में सोचा था कि वह सैनिक बन गया, केंद्रीय सरकार के, सपने में भी न सोच पाने वाले, पद पर आसीन था। और एक दूसरा साथी जो प्रवेश परीक्षा तक में फेल हो गया था और उसमें फिर बैठकर एक स्कूल जो कि एकदम गड्ढा था, में प्रवेश पाया था, अमेरिका से किसी भी तरह पी-एच.डी. की उपाधि पा चुका था और चारों ओर प्रोफेसर की चाल-ढाल में घूमता था।

मैं जल्दी में था। इस मुकाम पर, इस प्रकार की सफलता की असंतोषकारी प्रक्रिया में मेरी रुचि नहीं रह गई थी और न ही एक किस्म के सामाजिक ढाँचे, जिसने उसे संभव किया था, में। बल्कि मेरी रुचि मेरे दोस्तों और परिचितों की सफलताओं में थी जिनका वे आनंद ले रहे थे। एक शब्द में कहूँ तो मैं उनकी समृद्ध मेज़ के एक कोने में घुस जाना चहता था। लेकिन मेरी अत्यावश्यकता ने मुझे मेरे जीवन की कीचड़ में बहुत गहरे तक दफ़न कर दिया था। मैंने अपना 19 प्योंग (pyung->3.3m, 35.ft) अपार्टमेंट बेच दिया था, जिसे मैंने बहुत मुश्किल से खरीदा था। और मैंने इधर-उधर से पैसे खींचकर एक बड़े जोखिम वाले व्यापार में एजेंसी खोल ली थी। यह भव्य साहस मेरी बेरोजगारी और दो खान (दो कमरे) किराए के कमरे में रहने के साथ खत्म हुआ।

बेरोजगार मैं, एक कदम पीछे हटा और एक बेहतर दुनिया देखी। यह तब हुआ जब मैंने यह महसूस करना शुरू किया कि मुझे एक अजनबी स्थान पर अर्थात दूसरे स्कूल में, स्थानांतरित कर दिया गया था। यहाँ पुराने स्कूल की मेरी श्रेणियों अथवा मेरी दूसरी गौरवशाली उपलब्धियों का कोई उपयोग नहीं था। यह ऐसा था मानो मुझे किसी क्रूर साम्राज्य में धकेल दिया गया था जहाँ सबकुछ मनमाने ढंग से चलता था। यहाँ ओम सोकदे धुँधले अतीत से फिर पुनर्जीवित हो गया था।

इस प्रकार की दुनिया में सोकदे निश्चित रूप से फिर मॉनीटर बन गया होता—इसके प्रति मैं आश्वस्त था—एक कक्षा जिसमें पढ़ाई और लड़ाई के दर्जे का निर्णय सोकदे ने लिया होता, और जिसमें आधिपत्य और आनंद उसकी इच्छा से दिया जाता। समय-समय पर, मैंने सपना लिया कि मैंने खुशी-खुशी वह कक्षा (क्लास) फिर खोज ली थी और सोकदे की ओर का नजदीकी बना मैं ज़िंदगी का लुत्फ ले रहा था, पुराने दिनों की तरह। और मैं हताशा के प्रति सजग होकर उठूँगा।

सौभाग्य से असली दुनिया हमारी पुरानी कक्षा जैसी नहीं थी, और अब भी कुछ जगहें थीं जो प्रथम श्रेणी के कॉलिज में अर्जित मेरे ज्ञान का उपयोग कर सकती थीं। जो जगह मैंने ढूँढ़ी थी वह एक निजी अकादमी थी। यह पक्की तरह मेरे पुराने अंकों को लेकर नहीं चली थी, और चाहे अभी-अभी शुरू करने के कारण, प्रवक्ता के रूप में मुझे कुछ कठिनाइयाँ हुई थीं, तो भी किसी भी कीमत पर मैं अपने बच्चों और पत्नी के भरण-पोषण के योग्य कमा लेने में समर्थ था। और कुछ ही महीनों बाद जीवन में अपने घर के होने का सपना लेने लायक बढ़ोत्तरी हो गई थी। फिर भी सोकदे को लेकर मैं जिस निष्कर्ष पर पहुँच चुका था उसमें रत्ती भर भी बदलाव नहीं आया था।

समय-समय पर अकसर मिलने वाले प्राथमिक स्कूल के दिनों के दोस्तों ने मेरे इस निष्कर्ष का समर्थन किया।

"ओम सोकदे सचमुच कोई चीज़ है! गेनेडा (कोरियाई कार, Granada; सत्तर के दशक में ह्यूंडई द्वारा निर्मित अतिप्रतिष्ठित कार) की पिछली सीट पर, पूरे आराम से, घमंड के साथ बैठे सोकदे को मैंने जाते देखा था।"

"मैं घर गया लेकिन सोकदे की सोच ने सबकुछ नष्ट कर दिया था। मैंने पीने के लिए कुछ दोस्तों को साथ लिया, लेकिन सारी बातचीत ओम सोकदे पर ही टिकी रही। जो भी हो, वह दो युवा साथियों के साथ आता प्रतीत हुआ और जाने से पहले मुख्य गली को सच में पैसों से बुहार गया।"

साथी अपनी आवाज में अचंभे से बोले थे, लेकिन मैंने महसूस किया कि वे जान-बूझकर उसे मामूली कह रहे थे।

हमारा सोकदे उतना मामूली नहीं हो सकता था। अगर अशिष्ट सफलता के रूप में यही सर्वश्रेष्ठ था जो सोकदे कर सकता था तो अभी भी असफल दिखनेवाले मेरे अपने जीवन को व्याख्यायित करने का कोई रास्ता नहीं था। और हमारे सोकदे ने अपनी ताकत और धन सम्पदा को इतनी आसानी से हमारी आँखों को न दिखाया होता। किसी गुप्त सुनसान जगह पर छिपकर वह यह कक्षा चलाता। और यदि मैं स्वतंत्रता और विवेकशीलता की यादों को छोड़ने का इच्छुक होता तो उसने मुझे बुलाया होता और अपने पास बैठाया होता। अगर मैं अपनी प्रतिभा का एक अंश भी दान दे देता, उसने मुझे लगभग सबकुछ दे दिया होता।

अंततः मैं भी उससे मिला। वह पिछली गर्मी थी। विश्वविद्यालय की प्रवेश परीक्षा की तैयारी के लिए मुझे सिर्फ तीन दिनों का अवकाश मिला था और मैं अपने बीवी-बच्चों को कांगनुंग ला रहा था। क्योंकि मैंने इन्हें वास्तविक छुट्टियों के रूप में लिया था इसलिए पैसों के लिए कंजूसी का कोई इरादा नहीं था। लेकिन स्टेशन पर सेमउल (उस समय की कोरिया की बहुत तेज रेलगाड़ी का नाम; अब के टी एक्स है) रेलगाड़ी के सारे टिकिट बिक चुके थे और जिस रेलगाड़ी में हमें मजबूरन यात्रा करनी पड़ी वह कितनी खराब थी, शब्द नहीं हैं। हममें से प्रत्येक के घुटनों पर एक बच्चा था क्योंकि अलग टिकट लेने की दृष्टि से बच्चे अभी बहुत छोटे थे। बच्चे चिड़चिड़े थे, गलियारे यात्रियों से खचाखच भरे हुए थे और एयर कंडीशनर ठीक से काम नहीं कर रहा था। जैसे ही हम कांगनुंग पहुँचे, हम रेलगाड़ी से उतरे और निकास की ओर लपके। अचानक मैंने पीछे से चीखती हुई एक जानी-पहचानी आवाज सुनी।

"जाने दो। जाने दो, क्या नहीं?"

आवाज की ओर अपने आप से देखते हुए मैंने देखा कि आवाज एक हट्टे-कट्टे जवान आदमी की ओर से आई थी। सादा पोशाक में गुप्तचर से दिखते हुए दो लोगों ने उसके दोनों हाथ पकड़ रखे थे। वह पकड़ को ढीली करने के लिए संघर्ष कर रहा था। वह मटमैले रंग के सूट में था। (धूप के) चश्मे और उसने मिलती-जुलती टाई भी बाँध रखी थी। उसकी बाईं बाजू कहासुनी में फट चुकी थी। उसके पीछे का चेहरा अनूठे ढंग से जाना-पहचाना प्रतीत हुआ। बिना कुछ समझे-बूझे मैं खड़ा हो गया।

"तुम छलाँगना चाहते हो। तुम पिस्सू की तरह पकड़े गए हो। कुछ भी कर लो अब तुम कहीं नहीं जा सकते। स्टेशन को पूरी तरह घेरा हुआ है।" उनमें से एक गुप्तचर ने अपनी पेटी से हथकड़ी का एक चमकता जोड़ा लेते हुए ठंडे भाव से थूका। कैदी ने जब वह देखा तो और भी अधिक संघर्ष किया।

"सेकी! क्या तुम अब तक होश में नहीं आए हो?"

और अधिक सुनने में असमर्थ दूसरे गुप्तचर ने उसके मुँह पर मारा। मार के प्रभात्र ने उसके धूप के चश्मे को उड़ा दिया। कैदी का चेहरा पूरी तरह उजागर हो गया था। यह देखकर मैं सदमा खा गया कि वह ओम सोकदे था। लगभग तीस वर्ष बीत चुके थे। लेकिन एक ही बार देखने पर मैं नाक की ऊँची धार, मजबूत ठोड़ी और चमकीली आँखें पहचान गया था।

मैंने अपनी आँखें कसकर मूँद ली थीं मानो जिसे नहीं देखना चाहिए था उसे देख लिया हो। इससे पहले कि मेरी आँखें उठतीं, मेरे सामने छब्बीस सालों पहले वाला वह दृश्य, सोकदे चबूतरे पर घुटनों के बल अपने दोनों हाथ ऊपर किए खड़ा है, कौंध गया था। वह न तो एक पतित नायक की त्रासद खूबसूरती था और न ही कुछ और। वह हम जैसे गरीब अप्रभाव वालों में से महज एक था।

"क्या परेशानी है जी?" मेरी बाँह को आराम से खींचते हुए मेरी पत्नी ने घबराकर पूछा। मैंने अपनी आँखें फिर खोलीं और सोकदे की दिशा में देखा। बँधे हाथों की कफ से रक्तसिक्त मुँह को पोंछते सोकदे को घसीट कर ले जाया जा रहा था। जैसे ही वह पास से गुजरा उसने मेरी ओर देखा, लेकिन लगा कि उसने मुझे बिलकुल नहीं पहचाना था।

अपने सोते हुए बीवी-बच्चों के पास, उस रात, मैं देर तक पीता रहा था। आखिर में, मेरे आँसुओं की कुछ बूँदें टपकीं लेकिन सच में, मैं अब तक नहीं जानता कि वे मेरे लिए थीं या उसके लिए, दुनिया और जीवन में राहत से निकली थीं अथवा एक नए निराशावाद से।

❑❑❑